Sascha Zeus & Michael Wirbitzky

Fieses Mobbing in 11 leichten Lektionen

Die besten Tipps für ein Leben ohne Freunde

BASTEI LÜBBE

Darum brauchen Sie »Fieses Mobbing in 11 leichten Lektionen«

Sind Sie sympathisch, höflich, freundlich und bei Ihren Kollegen beliebt? Wieso bloß? Was ist da schief gegangen? Wissen Sie denn nicht, dass man es mit diesem Freundlichkeitsscheiß zu nichts bringt? Natürlich wissen Sie das, sonst hätten Sie ja dieses Buch nicht gekauft. Und Sie haben dieses Buch bitter nötig. Denn »Fieses Mobbing in 11 leichten Lektionen« wird Ihnen helfen, ein knallharter, skrupelloser und erfolgsgeiler Widerling zu werden. Kurzum: ein akzeptiertes Mitglied unserer Gesellschaft.

Aber Vorsicht: Mobbing ist nichts für Amateure. Mit halbherzig in Angriff genommenem Mobbing werden Sie es nicht weit bringen. Gutes Mobbing beginnt morgens in der Familie (falls Sie noch eine haben), setzt sich fort in der U-Bahn, im Büro, beim Sport und natürlich auch beim Sex (»Du, Schatz, da ich gerade deine Oberschenkel sehe … ich muss noch Orangen einkaufen«). Nur wenn Ihnen klar ist, dass jede und jeder in Ihrem Umfeld nichts anderes ist als ein Wurm, ein Nichts, eine Amöbe, werden

Sie sich zu einem stabilen und erfolgreichen Menschen entwickeln.
»Fieses Mobbing in 11 leichten Lektionen« zeigt Ihnen, wie Sie andere ohne viel Aufwand demütigen und aus dem Weg räumen können. Keine Sorge, nicht immer müssen Sie dabei ein kleines Arschloch sein. Sie dürfen auch gern mal ein großes Arschloch sein. Wir helfen Ihnen dabei.

Das steht nicht in »Fieses Mobbing in 11 leichten Lektionen«

Sie werden vergeblich einen Hinweis darauf suchen, ob dieses Buch nach der neuen oder der alten Rechtschreibung verfasst wurde. Da die Autoren weder die eine noch die andere beherrschen, ist es sowieso wurschd. Oder schreibt man »wurschd« hinten mit »t«? Wen juckd's?
Sie werden auch keinen Hinweis darauf finden, dass dieses Buch auf irgendeinem nicht gebleichten Ökodreck gedruckt ist. Das Papier könnte auch aus nicht nachwachsendem Tropenholz gemacht worden sein.

Wen juckt's? Zur Not muss man auch mal Bäume mobben.
Und schließlich werden Sie nicht den geringsten Hinweis darauf finden, wie man aus zwei Umzugskartons und einer Papaya ein Sofa baut. Das erfahren Sie erst in unserem neuen Bestseller »Sofabauen in 11 fiesen Lektionen«.

Das sollten Sie über die Autoren wissen

Sie sollten wissen, dass Sie es mit zwei absoluten Mobbing-Profis zu tun haben. Wir blicken auf eine beispiellose Karriere im Denunzieren, Anschwärzen und Vernichten zurück. Der Erfolg gibt uns Recht, auch wenn im »Fall Barschel« sicher nicht alles optimal gelaufen ist. National und international haben wir alle namhaften Mobbing-Auszeichnungen gewonnen. Unter anderem die »Deutsche Dolchstoßmedaille« 1992, den »Niederbayerischen Niedertrachtorden« 1996 und die »Milwaukee Mobbing Medal« 2003.

1. Büro-Mobbing

So sieht's aus

Ein Büro, insbesondere ein Großraumbüro, ist eine tolle Sache. Nirgendwo sonst treffen so viele verschiedene Persönlichkeiten, Charaktere, Meinungen, Gerüche und psychische Probleme aufeinander. Damit im Büro stets eine gesunde Mischung aus Neid und Missgunst herrscht, achten die Chefs peinlich genau darauf, dass nicht zusammen arbeitet, was zusammengehört. So.

Und jetzt kommen Sie und wollen nach oben. Dabei ist es völlig egal, mit welchem Job Sie anfangen. Versuchen Sie es ruhig ganz unten: als Bürobote. Mit unserer Hilfe können Sie sich nach vier Wochen jeden Job in dem Büro aussuchen.

So geht's

Sie sind also Bürobote bei *Kinkerlitz und Kleingedöns*, einem mittelmäßigen mittelständischen Unternehmen mit weitgehend mittellosen Mitarbeitern. In der Verwaltung im 4. Stock jedoch gibt es ein paar gute Jobs. Sie nehmen den Lift. Tür auf, und schon sehen Sie sie vor sich: den Erbsenzähler, die Geile, den Fetten, den Streber, das Mauerblümchen und das Arschloch.[1] Kurzum: die ganz normale Standardbesetzung eines deutschen Großraumbüros. Halten Sie sich rechts und steuern erst mal auf das Mauerblümchen zu. Seien Sie zunächst zurückhaltend und gehen Sie behutsam vor.

Sie: *Ich liebe Sie. Heiraten Sie mich.*

Mauerblümchen: *Hi, Hi, Hi! Sie Schlimmer, Sie. Hi, Hi, Hi!*

---

[1] vgl. Adolf Ärmelschon (Hrsg.), *Schmerz, Leid und Verzicht in deutschen Büros von der Reichsgründung bis heute*, 1951, schon immer vergriffen.

Volltreffer. Von nun an bekommen Sie jede Information, die Sie brauchen. Mit den üblichen Komplimenten – »Tolle Augen … Ausstrahlung … BlaBla« – machen Sie sich davon und steuern direkt auf den Tisch des Erbsenzählers zu.

Sie: *Mensch toll, dass Sie das geschafft haben.*

Erbsenzähler: *Wie bitte?*

Sie: *Na ja, das Mauerblümchen hat mir von Ihrer Inkontinenz erzählt. Schlimme Sache. Aber auch nicht weiter verwunderlich, wenn einem nacheinander 2 Frauen davongelaufen sind.*

Achtung! Ganz wichtig! Sofort weitergehen und keine Antwort abwarten. Nun nehmen Sie sich das Arschloch vor. Auf dem Weg zu ihm werfen Sie schnell dem Fetten eine Schachtel Pralinen auf den Tisch und sagen:

Sie: *Hier, von den anderen. Die meinen, darauf käme es auch nicht mehr an.*

Achtung! Ganz wichtig! Sofort weitergehen und keine Antwort abwarten. Inzwischen haben Sie den Schreibtisch des Arschlochs erreicht. Er ist ein anderes Kaliber und gibt zunächst den Ton an.

Arschloch: *Na endlich, du kleiner Pisser. Her mit der Post!*

Spätestens hier merken Sie: Das wird nicht einfach. Sie müssen jetzt alle Register ziehen und sagen sehr, sehr laut, so, dass vor allem die Geile gegenüber es hört.

Sie: *Na hören Sie mal, bei allem Respekt, aber so können Sie doch über die Dame nicht reden. Nur weil sie große Brüste hat und die Sekretärin des Chefs ist …*

Arschloch: *Was?!*

Sie: *Das ist doch kein Grund, sie deshalb als notgeile Schlampe zu bezeichnen.*

Treten Sie nun einen Schritt zurück und verfolgen Sie aufmerksam, wie sich die Geile von ihrem Stuhl erhebt und dem Arschloch in dasselbe tritt. Nun ist der Weg frei zum Streber, der vor der Tür des Chefs sitzt. Aber Vorsicht: Den Streber brauchen Sie noch. Er ist der Schlüssel zum Chef, und außerdem soll er ja später mal für Sie die ganze Arbeit erledigen. Sie schenken ihm das wissende Lächeln eines Verbündeten und seufzen.

Sie: *Mann, was für ein Irrenhaus! Zum Glück Sind Sie hier und haben alles im Griff. Hier ist die Post. Darf ich Ihnen auch noch einen Kaffee holen?*

Das sollte für den Anfang genügen. Morgen ist ja auch noch ein Tag. Ein Tag, an dem der Erbsenzähler schon morgens um 8 Uhr dem Chef seine Kündigung auf den Tisch legt. Ein Tag, an dem die Geile beim Betriebsrat eine Beschwerde wegen sexueller Belästigung einreicht. Ein Tag, an dem der Fette ein Attest für eine sechswöchige Kur präsentiert. Und ein Tag, an dem der Streber Sie zum ersten Mal bittet, ihn doch mal eben für eine halbe Stunde zu vertreten. Die Sache läuft …

Stopp! Wie ist Mobbing eigentlich entstanden?

Mobbing ist älter als die meisten von uns. Vermutlich sogar noch älter als Johannes Heesters.
Die ersten Menschen, die gemobbt haben, waren die Cro-Magnon-Menschen. Sie lebten vor ungefähr 28 000 Jahren im südfranzösischen Cro Magnon an der Dordogne. Wenn sie in Pirmasens gelebt hätten, würden sie vermutlich Pirmasens-Menschen heißen.[2]
Die Cro-Magnon-Menschen waren großwüchsig, hatten einen groben Knochenbau, einen mäßig langen Schädel und ein breites Gesicht von geringer Höhe. Ihr Hauptproblem: Sie waren blöd. Den ganzen Tag saßen sie in irgendwelchen Höhlen rum und malten Pferde und anderes Getier an die Wand. Dennoch verdanken wir ihnen eine Urform des Mobbings, das so genannte Keulen-Mobbing. Dabei standen sich zwei Cro-Magnon-Menschen gegenüber

---

[2] vgl. Alfred Krummbeer, *Der Pirmasens-Mensch. Nie geboren – nie gelebt*, 1931, Kartoffeldruck, nie erschienen.

und hauten sich abwechselnd mit Holzkeulen auf den Schädel, der dadurch die typische flache Form erhielt. Sicher, wir haben es hier mit einer sehr primitiven Form des Mobbings zu tun, denn es fehlen noch Hinterlist, Täuschung und Heimtücke. Deshalb ist der Cro-Magnon-Mensch auch ausgestorben. Und tschüß.

Ein paar tausend Jahre später waren es die Germanen, die sich um das Mobbing verdient gemacht haben. Auch sie schlugen sich mit Keulen auf den Kopf. Aber – und das ist der entscheidende Unterschied – sie stifteten erstmals auch andere dazu an.

Folgender Dialog aus dem Teutoburger Wald dient uns heute als Beweis.

Doofgar: *(Rülps) Hast du gesehen, was Hohlwart für Klamotten trägt? Sieht aus, als hätte er sich einen Lammfellautositz angezogen. Dem solltest du mal eine mit der Keule verpassen. (Rülps)*

Dummwin: *Meinst du?*[3] *(Furz)*

Doofgar: *Auf jeden Fall. Ich hab auch gesehen, wie er deiner Frau Läuse hinter dem Ohr weggepult hat. (Kratz)*

Dummwin: (Furz)

Doofgar: (Rülps)

Die ersten Meister des Mobbing waren aber ohne Frage die Römer. Sie brachten der Welt die Wasserleitungen, den Weinbau, die Nutten und einen Haufen anderes Zivilisationsgedöns. Eigentlich hatten sie allen Grund, gut drauf zu sein, aber hinter verschlossenen Türen ging es auch beim Römer nicht immer freundlich zu. Der Satz »He, Brutus, dein Alter hat gesagt, du wirst

---

[3] vgl. Paul Pups, *Die Germanen zwischen Meteorismus und Darmwind*, 15te Auflage 2004.

es nie zum Cäsar bringen, weil du ein jämmerliches Weichei bist« zeigt, in welcher Blüte das Mobbing zur Römerzeit stand.

Bedauerlich, dass dieses Niveau in den nächsten Jahrhunderten nicht gehalten werden konnte. Erst in den Zeiten der spanischen Inquisition kann man wieder von gewissenhaftem Mobbing sprechen.

Aber da Mobbing ja ein weltweites Phänomen ist, lohnt ein Blick nach Asien, wo die Kunst des Denunzierens seit jeher liebevoll gepflegt wird. Der folgende Satz des japanischen Tenno belegt, wie feinfühlig in Japan gemobbt wird:

»メインコンテンツへ. サイトマップ.
製品情報, る· 楽しむ,
オンラインショップ, グルメガイド, 文化«

Wow! Dem ist nichts hinzuzufügen. Seit der Erfindung des ZEN-Mobbing sind uns die Japaner einfach weit voraus. Wir müssen aufpassen, dass wir den Anschluss nicht verlieren. Denn selbst im Tierreich finden sich Beispiele für brillantes Mobbing. Nehmen wir mal die Rinderseuche BSE. Die gibt es gar nicht. Das BSE-Gerücht wurde von einigen intelligenten Schwarzschweinen aus den belgischen Ardennen in die Welt gesetzt, um damit die blöden Kühe zu mobben.

Wow! Dem ist nichts hinzuzufügen.

2. Chef-Mobbing

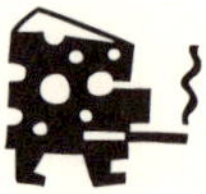

So sieht's aus

Schnuppern Sie mal! Und? Riecht es bei Ihnen nach handgenähten Pferdelederschuhen, gewachsten Barbour-Jacken und feinster Vikunjawolle?
Natürlich, denn Sie sind ja der Chef. Deshalb liegt ja in Ihrer Nähe auch stets dieser leichte Verwesungsgeruch in der Luft, denn Sie sind über Leichen gegangen, um Chef zu werden. Mobbing war sozusagen Ihr zweiter Vorname.
Und jetzt denken Sie vielleicht: Ich bin oben.
Ich muss nicht mehr mobben. Über mir ist niemand mehr. Nur noch die Stratosphäre und der liebe Gott.[4] Und der kann sich auch schon mal warm

---

[4] vgl. Lukas, Markus, Johannes u.v.a., *Die Bibel*, 586.383.999te Auflage, überall erschienen.

anziehen. Vorsicht! Jetzt nicht leichtsinnig werden. Als Faustregel gilt: Es sollte immer Zeit sein, einen Kollegen oder eine Kollegin zu mobben. Auch wenn Sie schon der Chef sind und eigentlich niemand mehr aus dem Weg räumen müssen. Mobbing ist nun mal gut für's Ego.

So geht's

Machen Sie sich den Spaß und demotivieren Sie Ihre Untergebenen mit dem Satz: »Du, nicht schlecht, aber scheiße.« Hier eine vorbildliche Szene aus einer Düsseldorfer Werbeagentur.

Wir sind bei Ogilham, Needvy & Springcoby. Bei O, N & S wird Werbung gemacht: kreative und teure Werbung. Beispiel gefällig? Von O, N & S stammt der Superslogan »Esst Bananen«, der den Bananenumsatz in Deutschland katapultartig nach oben geschossen hat. Viele deutsche Werbeagenturen haben versucht, diesen kreativen Geniestreich zu kopieren, aber Slogans wie »Trinkt Limo«, »Hört CDs« oder

»Schnüffelt Leim« waren nicht annähernd so erfolgreich. Hinzu kommt, dass der Werbemarkt in Deutschland inzwischen sehr viel härter geworden ist. Auch deutsche Werbung ist – was niemand je vermutet hätte – streckenweise witzig und intelligent. Für die Kreativen bei O, N & S eine echte Herausforderung. Beim heutigen Meeting geht es darum, einen 100-Millionen-Euro-Auftrag an Land zu ziehen.

O, N & S Building, 27ter Stock, 14 Uhr, Konferenzraum kurz »Konfi« genannt. Im »Konfi« stehen Designerstühle, Designertische und Designerkaffee. Es riecht nach Designerschweiß. Delle, der Kreativdirektor, verteilt gerade das »Rough« (deutsch: Sheet) eines Kundenbriefings an seine drei Top-Kreativen. Im Klartext: Jeder kriegt ein Blatt Papier.

Delle (250.000 Euro im Jahr, schwarzes Sakko, schwarzer Rollkragenpulli): *Der Kunde will, dass wir »Umu« zur Nummer 1 machen.*

Sandra (120.000 im Jahr, schwarzes Kostüm, blickdichte, schwarze Strümpfe): *Was kann denn dieses »Umu«?*

Delle: *Alles, was jedes andere verschissene Waschmittel auch kann.*

Tom (will 150.000 im Jahr, schwarzes Hemd, schwarze Hose): *Ich hab noch zu wenig Input, mir kommt's noch nicht.*

Roland (90.000 im Jahr, schwarze Jeans, schwarze Fingernägel): *Warum muss ich eigentlich stehen?*

Delle: *Cool bleiben, Roland. Mein Feng-Shui-Berater hat gesagt, drei Stühle pro Raum sind genug, sonst ist der Energiefluss blockiert.*

Roland: *Willst du mich mobben?*

Delle: *Gerne. Lass dir einen Termin geben.*

Sandra: *Ich hab's! Generation Umu: Washpower for Germany!*

Delle: *Ist nicht schlecht, aber scheiße. Was meinst du, Tom?*

Tom: *Weiß nicht, mir kommt's irgendwie noch nicht. Bad vibes hier.*

Roland: *Sandra kann doch auch mal stehen. Immer ich.*

Delle schüttet den Inhalt einer 10-Kilo-Packung »Umu« auf den Tisch, rollt einen 500-Euroschein zusammen und schnupft eine Dosis, die für eine 60-Grad-Wäsche reichen würde.

Delle: *Wow! Besser als »Ariel«. Wollt ihr auch mal?*

Sandra: *Ne, ich bin clean. Seit ich neulich an »Megaperls« fast erstickt bin, lass ich's lieber.*

Tom: *Wenn's mir nicht bald kommt, geh ich nach Indien. Ich hab da 'nen Kumpel in 'nem Erdloch, der war früher mal Kreativdirektor bei »Maier, Meyer und Meier«.*

Roland: *Ich setz mich jetzt auf den Tisch. Ihr wollt mich doch bloß mobben.*

Sandra: *Warum nehmen wir nicht den Slogan, den wir noch übrig haben von diesen Kopfschmerztabletten?*

Delle: *Was?*

Sandra: *Umu! Und die Schmerzen sind weg.*

Delle: *Nicht schlecht, aber scheiße. Passt nicht zu Waschmitteln. Was meinst du, Tom?*

Tom (murmelt): *Hare Krishna. Hare Rama. Hare, Hare.*

Delle: *Sehr mutig, aber wird dem Kunden nicht gefallen.*

Sandra: *Sollten wir nicht lieber mal bei den Basics anfangen?*

Delle: *Gute Idee. Erinnere mich daran, dass ich dein Gehalt verdopple. Also, die Basics: waschen, weiß, strahlen. Jagt diese drei Facts mal in euer Kleinhirn, und dann will ich einen spontanen, emotionalen Payoff.*

Sandra: *Hey!*

Delle: *Was ist denn, Sandra?*

Sandra: *Roland hat sich auf meinen Schoß gesetzt.*

Tom: *Mir kommt's! Hare Umu. Hare Umu. Hare, Hare.*

Die Tür zum Konfi geht auf. John N'Kogo (6.800 im Jahr, blauer Kittel) kommt mit einem Putzeimer und einem Lappen herein.

John: *John macht sauber.*

Delle (total begeistert): *Macht sauber. Das ist es: Umu macht sauber!*

Das war es wirklich. Die »Umu«-Kampagne wurde ein gigantischer Erfolg, und der neue Kreativdirektor der Firma, John N'Kogo (300.000 im Jahr, schwarzes Gesicht, schwarzer Anzug, schwarzer Rollkragenpulli) gilt seither als Guru der PR-Branche. Delle hat von seiner Abfindung Kanada gekauft und lebt dort zurückgezogen mit seiner Familie. Tom teilt sich mit seinem Kumpel das Erdloch in Indien. Und Sandra teilt sich mit Roland einen Stuhl.

Haben Sie genau hingeschaut? Nur Delle weiß, wie man professionell mobbt. Absolut lobenswert, wie er auch als Chef nicht nachlässt, Untergebene permanent zu erniedrigen.

Stopp! Was sagt eigentlich Freud zum Mobbing?

Diese Frage setzt einige Sachkenntnisse voraus, die uns in Zeiten der Pisastudie abhanden gekommen sind.[5] So wissen die meisten Deutschen gar nicht mehr, wer Siegfried Freud eigentlich war. Wir auch nicht. Wir wissen ja nicht mal, dass er eigentlich Sigmund heißt und nicht Siegfried. Deshalb haben wir in einem Lexikon nachgeschlagen. Da steht: »Sigmund Freud war Neurologe und Psychiater und ist Begründer der Psychoanalyse.« Guter Mann. Immer noch besser als Haschisch zu rauchen oder kleine Kinder zu überfahren.

Andererseits muss man sich fragen, wie lange es wohl dauert, die Psychoanalyse zu begründen, und was hat Freud eigentlich den Rest seines Lebens gemacht? Wir gehen davon aus, dass er sich diese Frage auch gestellt hat. Und deshalb hat er auch

---

[5] *Die Piesa Stuhdie – Rechtschreibschweche in Deutschland*, Ehrenwirth-Ferlag, 2005, keine Auvlage.

noch den Ödipus-Komplex erfunden, damit später keiner kommt und sagt, er sei ein fauler Sack gewesen.

Wenn Sie Genaueres über den Ödipus-Komplex wissen wollen, dann müssen Sie sich selbst ein Lexikon kaufen. Bei uns fehlt nämlich der Band mit dem »Ö«. Das ist auch der Grund, weshalb wir Ihnen nichts über Freuds Jahre in Wien sagen können, denn Wien liegt in Österreich, und das schreibt man auch mit »Ö«.

Aber nun zurück zu unserer Ausgangsfrage: Was sagt eigentlich Siegfried Freud zum Thema Mobbing? Nichts. Kein Wort. So. Nächstes Kapitel.

3. Urlaubs-Mobbing

So sieht's aus

Wir alle lieben Urlaub. Die Gründe dafür sind vielfältig. Sie reichen von: Wieso eigentlich? bis zu: Was soll das überhaupt?. Die Antwort weiß der Geier. Und die TUI. Denn die sagt: »Der Urlaub ist die schönste Zeit des Jahres.« Hier ist es Zeit für eine persönliche Überprüfung. Wir, die Autoren dieses großartigen Buches mit dem angemessenen Preis, haben nämlich die schönste Zeit des Jahres schon in Lloret de Mar, El Arenal, Benidorm, Rimini, Bibione und Königswinter verbracht. Und wissen Sie was? Es war gar nicht schön. Das liegt an den Urlaubern, die man meist im Urlaub trifft. Es sind dieselben Menschen, denen man auch zu Hause begegnet. Nur dass sie plötzlich geschmacklose Badehosen tragen und krebsrote Gesichter haben. Man erkennt sie auch kaum wieder, weil sie im Urlaub schon mittags

betrunken sind und nicht erst nach 18 Uhr wie daheim. Das gilt freilich nur für männliche Urlauber. Denn Mutti schläft derweil mit dem Surflehrer, während ihre übergewichtigen Kinder in knietiefem Wasser ertrinken.
Eine sorglose Zeit also, die man sich freilich mit ein bisschen Mobbing noch schöner gestalten kann, als sie ohnehin schon ist, und das gilt für den Sommerurlaub in gleichem Maße wie für den Winterurlaub. Aber immer schön der Reihe nach.

So geht's

Sommerurlaubs-Mobbing ist eine komplexe Angelegenheit und beginnt schon zu Hause. Niemand möchte schließlich das Haus verlassen, ohne dass die Nachbarn platzen vor Neid und Missgunst. Deshalb ist es wichtig, schon Wochen vor der Abreise geschickt einige falsche Urlaubsdetails zu lancieren. Lassen Sie zum Beispiel Kataloge von First Class Segelkreuzfahrten »aus Versehen« zu Ihrem Nachbarn schicken. (Nennen wir ihn Sackgesicht, denn so nen-

nen Sie ihn ja auch.) Sagen Sie ihm dann, er könne die Kataloge ruhig behalten, und schimpfen Sie über den lausigen Service von diesen abgewrackten Seelenverkäufern. Wer will schon dort Urlaub machen, wo für jeden Passagier nur sechs Crewmitglieder zur Verfügung stehen?
Das dürfte ein erster schwerer Schlag für Sackgesicht sein, der ja nicht weiß, dass Sie lediglich eine jämmerliche Pauschalreise in den »Eviva Sangria All Inclusive Club« auf Malle gebucht haben. Der Rest ist einfach. Jetzt müssen Sie am Stammtisch nur noch verbreiten, dass Sackgesicht in den »Eviva Sangria All Inclusive Club« fährt. Zum Beweis zeigen Sie den Katalog, der »aus Versehen« in Ihrem Briefkasten gelandet ist. Volltreffer! Sackgesicht ist erledigt. Und alle Beteuerungen, dass er doch ein Häuschen in der Toscana gemietet habe, verhallen im Gelächter der Nachbarn.
Bestens gelaunt können Sie nun Koffer packen und nach Malle fliegen.

❋ 1. Urlaubstag, 5.45 Uhr

Die ersten Charterflieger aus Düsseldorf donnern über ihr »zentral« gelegenes Strandhotel. Macht nichts. Sie haben ohnehin nicht geschlafen. Denn wie im Katalog beschrieben, zeichnet sich Ihr Hotelclub durch eine »internationale Atmosphäre« aus. »Internationale Atmosphäre« bedeutet, dass an der Hotelbar Alkoholiker aus allen europäischen Ländern die ganze Nacht durchgrölen und sich abwechselnd unter Ihrem Fenster erbrechen. Sie gehen zum »reichhaltigen« Frühstücksbuffet und wählen unter einer verschiedenen Sorte Wurst und einer verschiedenen Sorte Käse. Frühstücken Sie nicht zu lange, sonst sind draußen am Pool bereits alle Liegen mit Handtüchern belegt. Selbst wenn Sie gar nicht am Pool liegen wollen, sollten Sie ein guter Deutscher sein und mindestens zehn Liegen mit Handtüchern reservieren. Dieser patriotische Akt lässt sich perfekt mit einem kleinen National-Mobbing verbinden. Nehmen Sie ausschließlich Handtücher mit dem Union Jack, der britischen Nationalflagge darauf, und erwecken Sie so den Eindruck, unsere englischen Freunde hätten die besten

Plätze reserviert (Union Jack-Handtücher erhalten Sie demnächst in unserem Internetshop unter www.home-of-mobbing.de. Dort finden Sie alternativ auch Handtücher mit der Aufschrift »Ek ben van Holland«).

1. Urlaubstag, 10.30 Uhr

Ein Charterflieger aus München donnert über den Swimmingpool, während Sie sich beim Aqua-Jogging vergnügen. Unter uns: Das ist ein erbärmlicher Anblick, dieses unbeholfene Tapsen in trübem Wasser lässt Sie nicht unbedingt attraktiv aussehen. Ganz im Gegensatz zu diesem braungebrannten, 1 Meter 90 großen Animateur, der mit seinen stahlharten Muskeln durchs Wasser pflügt. Alle Frauen himmeln ihn an. Alle Männer hassen ihn. Hier hilft nur ein knallhartes Tripper-Mobbing. Lassen Sie während der Happy Hour kurz einfließen, dass eine Freundin von Ihnen in der vergangenen Saison von genau diesem Animateur ein unangenehm juckendes Andenken mit nach Hause gebracht hat. Fertig.

❋ 1. Urlaubstag, 12 Uhr

Ein Charterflieger aus Köln donnert gerade über den Speisesaal, während Sie beim Mittagessen sind. Vom »landestypischen« Buffet wählen Sie zwischen einer verschiedenen Sorte Nudeln und einer verschiedenen Sorte Sauce. Der Koch kommt gerade von der Toilette und wischt sich an seiner Schürze die Hände ab.[6]
Schon nach den ersten zwei Gabeln überkommt Sie ein landestypischer Brechreiz. Der Koch nickt verständnisvoll und sieht Ihnen nach, wie Sie gerade noch den Swimmingpool erreichen und den anderen Gästen nachhaltig das Aqua-Jogging verderben. Sicher keine sehr subtile Art des Mobbings, aber der Pool gehört Ihnen fortan allein.

---

[6] vgl. Piet van Schmuddel, *Das Kakerlakeninferno – Hygiene in europäischen Hotelküchen*, Nillegrindverlag 2003, 1. Auflage vergriffen, antiquarisch mit Saucenflecken.

❋ 1. Urlaubstag, 17 Uhr

Ein Charterflieger aus Hannover donnert gerade über den Hotelparkplatz, als Sie mit anderen Betrunkenen zur Jeepsafari quer über die Insel starten. Jetzt gilt es, das ursprüngliche Mallorca zu entdecken: unberührte Autobahnen, naturbelassene Einkaufszentren und in der Abendsonne glitzernde Großtankstellen. Hier draußen spüren Sie noch echte Freiheit, und Sie haben zum ersten Mal eine Ahnung, wie es wohl war, als noch Mallorquiner auf der Insel lebten. Das ist lange her. Die letzten sind vor acht Jahren von einem Jeep überfahren worden. Sie genießen diesen kurzen nostalgischen Moment und tanken Kraft für ein abendliches Mobbing im Hotelclub.

❋ 1. Urlaubstag, 22 Uhr

Kein Charterflieger donnert über den Club. Denn wegen des Jahrhundertunwetters und der Überflutungen ist der Flughafen geschlossen worden.

Während andere Urlauber helfen, das aus der Kanalisation hoch gedrückte Abwasser von der Tanzfläche zu schaufeln, kümmern Sie sich um Bianca, eine Friseuse aus Bottrop-Fuhlenbrock. Bianca sieht aus wie die Drittplatzierte beim Bundeswettbewerb der Königspudel. Vier Cuba Libre später sieht sie aus wie die Zweitplatzierte. Sie gehen zum Angriff über und sagen:

Sie: *Bssss!*

Bianca: *Echt?*

Sie: *...türlich.*

Alles klar. Mit so einer lockeren und natürlichen Ansprache hat Bianca nicht gerechnet. Schon jetzt kann Sie sich ein Leben ohne Sie nicht mehr vorstellen. Biancas Lebensgefährte hingegen schon. Er ist ein ehemaliger Polizist, der wegen unangemessener Gewaltanwendung vom Dienst suspendiert worden ist. Gerade kommt er mit einem Putzeimer von der Tanzfläche, um Ihnen den Inhalt über den Kopf zu gießen.

Wenn Sie sich jetzt fragen, welches Mobbing gegen Typen dieser Art hilft, sagen wir Ihnen ganz offen: keines. Er wird Ihnen die ganze Gülle über den Kopf kippen. Gut, das ist nicht angenehm, aber es zeigt Ihnen, dass Sie in Sachen Sommerurlaubs-Mobbing an den kommenden Tagen noch dazulernen müssen.

Ein völlig anderes Spiel dagegen ist das Winterurlaubs-Mobbing. Da treffen wir zunächst auf alte Bekannte: Frau Holle und Väterchen Frost. Zwei muntere, uns allen wohlbekannte Gesellen, denen wir an dieser Stelle die Pest an den Hals wünschen. Denn wo immer sie auftauchen, ist es arschglatt und scheißkalt. Zu dumm, dass man sich auf die Segnungen der Klimakatastrophe leider nicht in jedem Winter verlassen kann. Ist doch wurscht, wenn es beim Grönländer im Iglu tropft. Hauptsache, bei uns sind die Straßen frei. Es traut sich zwar niemand auszusprechen, aber wenn wir nicht eine so rückgratlose Regierung voller Weicheier hätten, wäre der

Winter vermutlich längst abgeschafft. Doch wieder mal hängen die Politiker am Tropf der Industrie. Denn in Wahrheit sagen die Snowboardmafia und die Skiliftcamorra, wo es langgeht in diesem Land. Die Wintersportindustrie lockt Millionen von Menschen in die Berge, um ihnen dort das Geld aus der Tasche zu ziehen. Ehemals unberührte Alpendörfer werben mit Talabfahrten bis zur Nordseeküste, in urigen Berggasthöfen versammeln sich bis zu 10 000 Skifahrer, um an der SB-Theke alpine Spezialitäten wie Hamburger mit Pommes zu essen. Und Schnee gibt's aus Chemie verspritzenden Schneekanonen oder auch beim Dealer in der örtlichen Megadisco. Heißa, das ist Wintersport! Belauschen wir nun zwei Skihaserl, die seit 75 Minuten am Lift warten.

Val des Lawines, Hochsavoyen, 2200 Meter über dem Meer.

Gabi (22, lecker!) und Anika (auch 22, auch lecker!) stehen in ihren kanariengelben Chiemsee- und mintgrünen Bogner-Klamotten am Skilift und stecken sich keck die O'Neill-Sonnenbrillen in die Haare.

Gabi: *Stündchen noch, dann geht's hoch.*

Anika: *Wow! Und dann fünf Minuten Abfahrt. Ich freu mich schon.*

Gabi: *Wo wohnst du denn dieses Jahr? Wieder im Hotel Fracture?*

Anika: *Ne, das Fracture gibt's doch nicht mehr. Ist im November von einer Lawine zerbröselt worden.*

Gabi: *Echt?! So ein Zufall, mein Freund auch.*

Anika: *Ist ja schrecklich!*

Gabi: *Ach na ja, hat auch Vorteile. Für mich allein kostet der Skipass nur die Hälfte.*

Der letzte noch lebende Steinadler der Westalpen kreist majestätisch über dem Hang. Lautlos gleitet er hinab und setzt sich auf die 380-Volt-Oberleitung der Liftstation. Er breitet seine Schwingen aus und erdet sich unglücklicherweise am Blitzableiter.

Adler: *Brizzel!*

Anika: *Wow, was für ein geiles Feuerwerk! Die lassen sich hier echt immer wieder was Neues einfallen.*

Von hinten nähert sich den beiden ein total hip gekleideter Snowboarder: XXL-Shirt, Ravermütze, Ziegenbart, keinen Hintern in der XXL-Hose und kein Hirn unter der XXS-Schädeldecke.

Snowboarder: *Hi! Geil, oder?*

Anika: *Voll!*

Gabi: *Echt wahr!*

Ermattet von der anstrengenden Unterhaltung, schweigen die drei und genießen die traumhafte Fernsicht. Wie winzige Stecknadelköpfe erscheinen die Skifahrer, die oben auf dem Gipfel am Geldautomaten warten.
Zwei eifrige Bergbauern ziehen eine überfahrene Gemse unter einem Pistenbully hervor. Und hinten, in der Killerkehre der schwarzen Abfahrt, wiegt

sich die letzte Edeltanne der Westalpen im Wind. Gabi schaut sie lange an.

Gabi: *Was ist denn das?*

Snowboarder: *Baum.*

Anika: *Wow! Die lassen sich hier echt immer wieder was Neues einfallen.*

In diesem Moment rast ein rot gekleideter Skifahrer, der erst zwei Wochen später von seiner Frau identifiziert werden wird, in der Killerkehre geradeaus. Mit handgestoppten 125 Stundenkilometern bohrt er sich in die Edeltanne und fällt sie.

Snowboarder: *Uncool.*

Anika: *Voll.*

Gabi: *Echt wahr.*

Das Rote Kreuz beginnt mit der Verteilung von heißem Tee und Wolldecken an die wartenden Skifahrer. Am Nachbarlift wird unterdessen eine eingeschneite Warteschlange mit der Schneefräse befreit. Norbert Nächsterbitte, ein braungebrannter, durchtrainierter Zahnarzt, wedelt gekonnt heran. Auch wenn er seit der Gesundheitsreform jeden Fünfhunderter erst einmal umdrehen muss, bevor er ihn ausgeben kann, ist er den ganzen Winter über hier.

Nächsterbitte: *Na? So jung und schon so blond?*

Anika (kichert): *Hi, Hi, Hi!*

Gabi (kichert): *Hi, Hi!*

Nächsterbitte: *Ist doch langweilig, hier anzustehen. Kommt doch mit in mein Chalet.*

Anika: *Was is'n das?*

Snowboarder: *Haus.*

Gabi: *Oh ja, voll geil!*

Anika: *Echt wahr.*

Sie sehen schon, bis hierhin eine ganz normale Winterurlaubsszene, wie sie sich so oder so ähnlich an jedem (Ab-)Schlepplift abspielen könnte. Jetzt aber geht es darum, wer sich in dieser Konstellation der vier Beteiligten als attraktivster und fortpflanzungswilligster Sexualpartner präsentiert. Kurzum: Es geht ums Poppen. Und auch hier kann Mobbing ein hilfreiches Instrument sein, um schnell zum Ziel zu gelangen. Anika und Gabi zum Beispiel haben mit dem Skilaufen nur angefangen, um irgendwann einen reichen Zahnarzt zu heiraten. Der Zahnarzt ist schon verheiratet und hat mit dem Skilaufen nur begonnen, um seinen Bohrer hin und wieder an einem steilen Zahn auszuprobieren. Der Snowboarder hingegen hat mit dem Skilaufen gar nicht erst angefangen, und Sex kennt er nur aus dem Videospiel »Winterwonderfuck 2.0«. Schauen wir also, wie die Sache sich entwickelt.

Nächsterbitte: *Ich hab ein sehr weiches Eisbärfell vor dem Kamin liegen. Da kann man schön zu zweit drauf kuscheln.*

Anika: *Wow! Was ist ein Eisbär?*

Snowboarder: *Tier.*

Gabi: *Voll geil. Anika hat übrigens kleine Brüste.*

Anika: *Was?! Dafür sind deine aus Plastik!*

Gabi: *Aber 80 D!*

Nächsterbitte: *Aber meine Damen! Es geht doch um die inneren Werte ...*

Anika: *Und deine Nase ist auch operiert!*

Gabi: *Dafür hängt mein Hintern nicht!*

Anika: *Schlampe!*

Gabi: *Flittchen!*

Snowboarder: *Uncool, die Torten.*

Nächsterbitte: *Da haben Sie Recht. Wenn Sie Lust haben, können Sie ja mit zu mir kommen.*

Gabi und Anika (gleichzeitig): *Was?! Wo geht ihr hin?*

Snowboarder: *Eisbär.*

Ja, so kann es gehen. Dumm gelaufen. Doktor Nächsterbitte und der Snowboarder ziehen sich zu einer kleinen Kaminkuschelei zurück, und unsere beiden Skihasen gehen leer aus. Das viel zu aggressive Mobbing der beiden hat den durchaus paarungswilligen Zahnarzt verschreckt. Anika hätte viel subtiler und scheinheiliger mobben müssen. Beispiel:

»Du, Gabi, möchtest du vielleicht ein kleines Päuschen machen? Diese Buckelpisten sind doch sicher ziemlich schmerzhaft mit deinen Silikoneinlagen. Ich mach mir da echt Sorgen.«

Wow! Das ist Mobbing. Wer die beste Freundin so aufs Kreuz legt, wird sicher auch vom Zahnarzt aufs Kreuz gelegt ... Pardon, aufs Eisbärfell.

Stopp! Wie lauten eigentlich die 11 goldenen Regeln des Mobbing?[7]

Regel 1:

Wer anderen eine Grube gräbt,
hat mehr vom Leben !

Regel 2:

Was du nicht willst, das man dir tut,
das füge jedem anderen zu!

Regel 3:

Früh übt sich, was ein Arschloch
werden will!

Regel 4:

Vertrauen ist Quatsch, Mobbing ist
besser!

---

[7] aus: Zeus/Wirbitzky, *Fieses Mobbing in 11 leichten Lektionen*, Ehrenwirth Verlag 2005.

Regel 5:
Nach dem Mobbing ist vor dem Mobbing!

Regel 6:
Stetes Mobbing höhlt den Stein!

Regel 7:
Brombeerflecken gehen nicht raus! (Hat zwar nichts mit Mobbing zu tun, ist aber nun mal die Wahrheit)

Regel 8:
Wen Hänschen nicht mobbt,
den mobbt eben Hans!

Regel 9:
Wer aber unter euch ohne Schuld ist, der schäme sich!

Regel 10:
Cato: »Ceterum censeo,
Carthaginem esse mobbendam!«

(»Außerdem bin ich der Meinung,
Karthago muss gemobbt werden!«)

Regel 11:

Wer sich partout nicht mobben lässt,
dem drücke eine Brombeere aufs Hemd!

4. Teenager-Mobbing

So sieht's aus

Darf man Teenager mobben? Haben die nicht schon genug Probleme? Und wenn schon. In einem Buch, in dem Alte, Kranke, Behinderte und Ausländer gemobbt werden, sollten Teenager nicht vergessen werden. Denn es gibt wahrlich gute Gründe, Teenager zu mobben. Allein die Namen! Wer will schon allen Ernstes Marc-Marvin Tümpel heißen oder Zoe-Vanessa Schmitz, geschweige denn Angel-Sky Mümmelböck? Sicher, die Kinder können nichts dafür, aber zum Eltern-Mobbing kommen wir erst später.
Beginnen wir zunächst mit der Frage: Welche Funktion hat der Teenager in unserer Gesellschaft? Keine. Er nervt einfach nur. Er kann sich nicht leiden, er kann andere nicht leiden, und andere können ihn nicht leiden. Aber es gibt ihn nun mal. So wie es

Zecken gibt und Stechmücken. Der Unterschied besteht darin, dass Zecken und Stechmücken keine Pickel haben. Teenager schon, die haben Pickel. Riesige Pickel. Pickel so groß wie Gullydeckel. Und die haben sie auch verdient. Denn Teenager »beglücken« ihre Eltern vor allem durch ihr ausgeglichenes Wesen, ihre freundliche Natur und ihre guten Umgangsformen. Das zeigt sich schon in den kleinen Begegnungen des Alltags. Hier ein typisches Beispiel.

Vater (42, weich gekocht, resigniert): *Du, Leon-Gabriel, mir ist da aufgefallen, dass sich auf dem Fußboden deines Zimmers doch einige leere Chipstüten, Coladosen und Joghurtbecher angehäuft haben. Es wäre ganz reizend von dir, Leon-Gabriel, wenn du die zumindest einmal im Monat einsammeln und in den Müll bringen könntest. Natürlich nur, wenn es dir nichts ausmacht.*

Leon-Gabriel (15, Pickel, Riesige Pickel): *Ey, Alter, scheiß die Wand an und geh mir nich' auf'n Sack!*

Ja, so sind sie, die Teenager, ein steter Quell nie versiegender Freude. Natürlich haben Sie als Eltern zwei Möglichkeiten zu reagieren: Entweder Sie zögern keine Sekunde und hauen ihm links eine runter. Oder aber: Sie zögern keine Sekunde und hauen ihm rechts eine runter. Beide Varianten gelten unter Pädagogen mittlerweile als gleichermaßen wirkungslos. Was man aufs eine Ohr drauf haut, geht in der Regel sofort aus dem anderen wieder raus. Gezieltes Mobbing hingegen kann da Wunder wirken. Ansatzpunkte gibt es reichlich.

1. Bildung

Spätestens seit der Pisa-Studie wissen wir: Der durchschnittliche Teenager weiß durchschnittlich gar nichts. Er hat nicht die Bildung genossen, die uns zuteil wurde. Wir waren schließlich schon in Pisa und haben uns dort den schiefen Eifelturm angeschaut. Doch heutzutage ist alles anders. Teenager gehen mittlerweile abends immer zu viert oder zu fünft aus, damit statistisch gesehen wenigstens einer dabei ist, der lesen kann, wie teuer das Bier ist. Auch bei den Fremdsprachen hapert es. Ein wirklich gutes Gespräch mit dem afrikanischen Drogenhändler hinter dem Bahnhof ist heutzutage praktisch gar nicht mehr möglich.

2. Ernährung

Für Teenager gilt: Fast food – slow brain. Ein Drittel aller Teenager hat Übergewicht. Ein weiteres Drittel ist zu fett. Lediglich ein paar magersüchtigen Mädchen ist es zu verdanken, dass das bundesdeutsche Teenager-Durchschnittsgewicht nicht noch höher liegt. Kein Wunder, wenn man als Hauptgericht Fritten und als Beilage Pommes isst.

3. Kleidung

Ist es nicht unverantwortlich, dass sechzehnjährige Mädchen mit Push-ups und bauchfreien Tops durch die Gegend laufen? Wir meinen: nein. Aber wir sind auch Männer. Wir regen uns höchstens im Winter auf, wenn sie Pullover drüberziehen. Trotzdem ist die Kleidung von Teenagern ein idealer Ansatzpunkt für Mobbing. Alles, was Sie Ihrem Sohn oder Ihrer Tochter kaufen, schmeißen die sofort in die Mülltonne. Und dann wollen sie Geld von Ihnen, um Klamotten zu kaufen, die aussehen wie aus der Mülltonne.

4. Liebeskummer

Teenager haben Liebeskummer. Alle. Immer.

Und so geht's

Am besten lassen sich Teenager mobben, indem man ihr Vertrauen missbraucht. So machen es zum Beispiel die großen Jugendzeitschriften in Deutschland. Die haben angeblich ein Expertenteam, das

die intimsten Fragen von Teenagern beantwortet. Es ist uns in diesem Buch freilich zu niveaulos, uns mit Kummerkastenfragen wie »Mein Freund hat einen kurzen, krummen Penis. Ist das normal?« zu beschäftigen.
Trotzdem wollen wir hier ein paar besonders gelungene Mobbingbeispiele zeigen.

Frage von Tina Schneider (Name von der Redaktion geändert), 16 Jahre, aus Neuss:
Hallo, Dr. Hechel-Team. Mein Freund, Ingo Stummel, aus Neuss, Schillerstraße 17, 3. Stock links (Name nicht von der Redaktion geändert) hat einen kurzen, krummen Penis. Ist das normal?

Dr. Hechel antwortet:
Liebe Tina, sicher nicht. Ich zum Beispiel habe einen sehr langen, sehr geraden Penis. Zunächst solltest du mit all deinen Freundinnen über Ingos Eigenart reden. Größtmögliche Offenheit und der Austausch von Erfahrungen bringen dich sicher ein Stück weiter. Grundsätzlich gilt: Sex ist nicht alles. Deshalb solltest

du es dir mit Ingo nicht verscherzen. Vielleicht hat er später mal viel Geld.
Wenn du mal wissen willst, wie es mit einem sehr langen, sehr geraden … Dr. Hechel erreichst du rund um die Uhr unter 01010/1001 (Telefonnummer nicht von der Redaktion geändert).

Frage von Melanie, 15, aus Ludwigshafen:
Hallo, Dr. Hechel, meine beste Freundin Lioba-Aimee und ich verstehen uns echt super. Wir sind unzertrennlich, reden über alles, und nie fällt ein böses Wort. Wird diese Freundschaft ein Leben lang halten?

Dr. Hechel antwortet:
Liebe Melanie, sicher nicht. Ich habe hier nämlich einen Brief von einer Lioba-Aimee aus Ludwigshafen vor mir liegen. Es mag ein Zufall sein, aber ihre Freundin heißt Melanie und ist – so schreibt sie – »eine langweilige, nervige Kröte mit Mundgeruch und einem dicken Bratarsch«.
Wenn du mal wirklich einen guten Freund brauchst,

mit dem du ein sehr langes, sehr gerades Gespräch führen möchtest, ruf Dr. Hechel an. Tel.: 01010/1001.

Hut ab vor Dr. Hechel. Das ist Teenager-Mobbing auf höchstem Niveau. Nicht zuletzt dank seiner Ratschläge ist die Jugendzeitschrift, für die er arbeitet, Marktführer in der Zielgruppe der 12- bis 19-Jährigen. Auch bei den Schülerselbstmorden liegen die Leser seiner Zeitschrift ganz vorn. Da kommt der Verdacht auf, dass Dr. Hechel die Teenager im Grunde egal sind. Wir wollten dieser Frage zunächst nachgehen, aber dann haben wir gemerkt, dass sie uns beiden auch egal sind. Deshalb endet hier dieses Kapitel.

Stopp! Gibt es eigentlich Mobbing auf den Lofoten?

Um diese Frage zu beantworten, muss man zunächst einmal wissen, dass die Lofoten eine über 200 Kilometer vom Festland entfernte Inselgruppe in Nord-Norwegen sind. Schroffe, alpine Gebirgsformen prägen das Bild der Lofoten, deren höchste Gipfel über 1 000 Meter hoch sind. Auffällig ist, dass die Inseln von einem schmalen, maximal 50 Meter hohen Felsrand (Strandflate) gesäumt werden. Diese Fläche allein ermöglicht die Besiedlung, die, begünstigt durch das fast immer frostfreie, aber stürmische, feuchtkühle Klima, relativ hoch ist. Immerhin leben dort etwa 30 000 Einwohner.
Auf den Lofoten wachsen keine Bäume, die Landwirtschaft ist beschränkt auf etwas Schafhaltung. Von großer Bedeutung hingegen ist die Fischerei (Hering und Kabeljau). Wichtigste Inseln sind von West nach Ost: die Rostgruppe, Moskenesoy, Flakstadoy, Vestvagoy und Austvagoy. Hauptorte sind: Stamsund und Svolvaer.
Ob es dort Mobbing gibt, ist nicht bekannt.

5. Nachbar-Mobbing

So sieht's aus

Früher war klar: Der Russe ist unser Feind. Aber der Russe hatte einen entscheidenden Nachteil: Er war weit weg. Und egal, wie oft uns erzählt wurde, »der Russe kommt«, er kam einfach nicht. Was soll das also für ein Feind sein, der nicht mal den Hintern hoch kriegt, um ein bisschen auf uns zu schießen? Erbärmlich! Am besten, Sie vergessen den Russen. Wir haben ihn schon vergessen. Wen eigentlich? Egal. Grundsätzlich gilt: Warum in die Ferne schweifen, wenn das Böse liegt so nah? Machen Sie einfach Ihre Haustür auf. Jetzt schauen Sie sich um. Wer wohnt neben, über oder unter Ihnen? Genau. Der Feind. Denn jeder Nachbar ist auch ein Feind. Und kommen Sie uns nicht mit so Sätzen wie »Ich hab tolle Nachbarn. Wir versteh'n uns prima.« Es gibt keine tollen Nachbarn. Nur weil man sich mal

bei jemandem ein Ei leihen kann, ist er noch kein netter Mensch. Eigenheimbesitzer wissen: Spätestens wenn ein Zweig ihrer Thujahecke 4,2 Zentimeter durch den Zaun zum Nachbarn ragt, zeigt er sein wahres Gesicht – die hässliche Fratze von Neid, Missgunst und Korinthenkackerei.
Wenn Sie in einem Mehrfamilienhaus wohnen, kann bereits Ihr nur kurz im Hausflur abgestellter Kinderwagen zu ersten Handgreiflichkeiten führen. Da verschafft es Ihnen nur vorübergehend Befriedigung, dass Sie Ihrem Nachbarn jeden Morgen die Tageszeitung klauen. Sie sehen schon, kein Anlass ist zu klein und unbedeutend, als dass er nicht zu einer bürgerkriegsähnlichen Auseinandersetzung führen könnte. Die Richter in Deutschland können ein Lied davon singen. Da das hier aber kein Hörbuch ist, lassen wir das mit dem Singen.

Und so geht's (nicht)

Wenn Sie und Ihr Nachbar bereits im Gerichtssaal stehen, ist es für ein subtiles Mobbing leider längst zu spät. Nur allzu oft kommt es vor deutschen Gerichten zu Auseinandersetzungen wie diesen.

Nürnberg. Amtsgericht 1. Sitzungssaal 107. Verhandelt wird der Fall Kinkerlitz gegen Nörgelmeier.

Arco, der Schäferhundrüde von Bruno Kinkerlitz entleert seinen Darm regelmäßig auf der »Willkommen«-Fußmatte von Familie Nörgelmeier. Nach den Aussagen des Fäkaliengutachters (»Weiche Konsistenz, geruchlich im Normbereich«) und eines Fußmattenreinigungsunternehmers (»Total versaut. Kannste wegschmeißen«) werden nun Kläger und Beklagter gehört.

Nörgelmeier: *Sackgesicht!*

Kinkerlitz: *Kotzbrocken!*

Nörgelmeier: *Spritzbacke!*

Kinkerlitz: *Kleinkarierter Pisser!*

Nörgelmeier: *Hühnerficker!*

Wie Sie sehen, spielt in dieser Phase des Prozesses der Austausch von Fakten und Argumenten bereits eine untergeordnete Rolle. Das Szenario wird von hoch kochenden Emotionen bestimmt, die sich noch steigern, als Arco seinen Darm auf dem Parkettboden des Sitzungssaals 107 entleert.

Richter: *Raus mit dem Scheißköter!*

Gutachter: *Weiche Konsistenz. Geruchlich im Normbereich.*

Unser Tipp: Lassen Sie es erst gar nicht so weit kommen. Bereits wenn ein erster

Haufen des Nachbarhundes auf Ihrer Matte liegt, müssen Sie mit Massiv-Mobbing antworten. Legen Sie eine falsche Fährte. Entleeren Sie selbst Ihren Darm auf den Fußmatten anderer Nachbarn und behaupten Sie, der Hund war's. Die kümmern sich dann schon um das Vieh.[8]

---

[8] vgl. Pete Poison, *Killing the Neighbour's Dog*, Abdeckerverlag, Murder City 2003.

Stopp! Wird Mobbing eigentlich schon 2008 in Peking olympisch?

Um diese Frage zu beantworten, haben wir uns auf den Weg nach China gemacht. Wir sind vornerum gefahren. Also über Dresden, Krakau und Kiew. In Poltava sind wir dann links nach Sumi abgebogen. Das können wir nicht empfehlen. Es ist besser, wenn Sie in Poltava Richtung Krasnograd fahren, sonst sehen Sie irgendwann Eisbären und keine Schlitzaugen. Aber das nur am Rande. In Peking haben wir uns dann mit dem Vorsitzenden des olympischen Exekutionskommitees, Li Ratatat Peng, getroffen. Er ist ein netter Kerl, wurde uns gesagt. Wir teilen diese Einschätzung nicht. Aber das nur am Rande.

Wir: *Win Hoi Wang.*

Peng: *Hä?! Was soll das denn heißen?*

Wir: *Keine Ahnung. Wir dachten, das sei Chinesisch.*

Peng: *Blödsinn!*

Wir: *Na gut. Dann zu unserer ersten Frage. Wird Mobbing olympisch?*

Peng: *Nein.*

Wir: *Wie, das ist alles, was Sie dazu zu sagen haben? Dafür sind wir fast 10 000 Kilometer gefahren?*

Peng: …

Wir: *Na gut … Äh … Haben Sie ein Fahrrad?*

Peng: *Warum?*

Wir: *Nur so.*

Peng: *Ja.*

Wir: *Toll.*

Da das Gespräch an dieser Stelle etwas ins Stocken geriet, haben wir uns mit einem freundlichen

»Win Hoi Wang« verabschiedet und sind weiter gezogen, um uns noch schnell ein Ründchen um die Menschenrechte zu kümmern. Wir trafen uns mit dem Generalsekretär der Abteilung innere Sicherheit und innere Verletzungen beim chinesischen Geheimdienst. Sein Name muss geheim bleiben.

Wir: *Chop Suey!*

Geheim: *Blödsinn!*

Wir: *Na gut. Gibt es in China Menschenrechtsverletzungen?*

Geheim: *Nein.*

Wir: *Was denn, das ist alles, was Sie dazu zu sagen haben?*

Geheim: *Schauen Sie, wo es keine Menschenrechte gibt, können sie auch nicht verletzt werden. Schon Konfuzius sagte: »Wer aufmuckt, kriegt was aufs Maul.«*

Wir: *Es soll bei Ihnen aber auch Hinrichtungen geben.*

Geheim: *Ja, aber nicht bei Olympia. Das IOC hat unseren Antrag gestern erst abgelehnt. Individualhinrichtungen werden also auf keinen Fall olympisch. Was die Mannschaftshinrichtungen angeht, haben wir noch keine Antwort.*

Wir: *Tja ... Äh ... Haben Sie eigentlich ein Fahrrad?*

6. Wellness-Mobbing

So sieht's aus

Die deutsche Gesellschaft ist fit für das nächste Jahrtausend, obwohl gerade erst ein neues begonnen hat. Papi sieht blendend aus, hat einen Waschbrettbauch, mindestens 300 gesunde Zähne und ein Depot mit todsicheren Wachstumswerten. Mami sieht noch besser aus, macht vormittags ein leichtes Workout und hat mehrere Depots mit Silikon und Collagen an den richtigen Stellen. Damit die beiden auch in 95 Jahren noch genau so jung, strahlend und erfolgreich sind, entwickelt die Industrie ständig neue Fitness-, Wellness-, Coolness-, Loch Ness- und Bettnässprodukte. Der Umsatz dieser »Fit-und-schön-Industrie« betrug allein im letzten Jahr ... äh ... haben wir vergessen. Vermutlich, weil wir heute noch keine bioaktiven Vitamin-E-Kapseln zur Gedächtnisstärkung genommen haben.

Also rein in den Hals mit allem, was Brain und Body stärkt. Denn wer mit 80 schon stirbt, ist in seiner Clique echt der Loser. Entschuldigen Sie, dass wir das böse, böse Wort »sterben« benutzt haben. Wenn wir der Werbung glauben, stirbt der bodygeshapte Bio-Food-Konsument sowieso nicht. Jedenfalls nicht, bevor er mit 171 Jahren das Matterhorn bestiegen hat. Und wenn er gut drauf ist, nimmt er auf dem Gipfel noch eine Gemse von hinten. Klingt nach einem coolen, gesunden, stressfreien Leben. Von wegen. Gerade in der Wellnesswelt der Eitlen, Jungen und Schönen wird gemobbt, was das Zeug hält. Sogar in der eigenen Familie.

So geht's

Dienstagmorgen in einer gepflegten Eigenheimsiedlung. Das Ehepaar Gabi und Uwe Knackig sitzt am Frühstückstisch. Beide haben einen Ruhepuls von 61 und essen gerade eine von der Deutschen Gesellschaft für Ernährung empfohlene Kombination von Frühstückscerealien und Kernobst.

Gabi: *Schatz, reich mir doch mal die »All Bran Low Fat Cereals«.*

Uwe: *Gerne, Hase.*

Gabi: *Die Petra Pieling von gegenüber meint, Cerealien seien nichts anderes als Getreide.*

Uwe: *Die Pieling? Ist das die, die sich zwei Rippen hat rausnehmen lassen, um die Taille zu shapen?*

Gabi: *Ja, aber da läuft noch ein Kunstfehlerprozess. Der Arzt hat ihr beide Rippen auf der selben Seite rausgenommen.*

Uwe: *Stümper gibt's. Bei meiner Sekretärin hat ja auch mal so ein Trottel nur die linke Brust vergrößert. Sah unmöglich aus. Ich hab ihr damals gleich mal das Gehalt gekürzt.*

Gabi: *Schatz, reich mir doch mal den Prolacto-Doppelplusjoghurt.*

Uwe: *Den mit Oligofructose?*

Gabi: *Nicht nur, Schatz. Er hat auch lebend zugeführte Bakterienkulturen wie z.B. Lactobacillus acidophilus LA 5 und Bifidobacterium lactis BB12.*

Kevin-Marcel, der vierzehnjährige Sohn, setzt sich an den Frühstückstisch.

Gabi: *Möchtest du eine Extraportion Milch, mein Sohn? Die bringt dich über dein Biorhythmus-Tief um 15 Uhr.*

Kevin-Marcel: *Cool. Wusstet ihr eigentlich, dass ein Lactobacillus nix anderes is' als 'ne Milchsäurebakterie? Und die gibt's in jedem Joghurt.*

Uwe: *Unmöglich, das Zeug kostet drei Euro pro Becher. Das muss gesund sein.*

Larissa-Vanessa, die fünfzehnjährige Tochter, kommt heulend an den Frühstückstisch. Sie hat die neueste Ausgabe von Ultrafit und Megacool in der Hand.

Larissa-Vanessa: *Guckt mal, hier! Ich will nicht mehr leben!*

Gabi: *Was ist denn los, mein Schatz, stimmen deine Fatburner-Werte heute früh nicht?*

Larissa-Vanessa: *Nein. Hier ist das neueste Foto von Britney Spears, die hat jetzt Körbchengröße D und ich häng immer noch bei B rum.*

Kevin-Marcel: *Stimmt. Auf'm Schulhof sagen auch alle, dass die Lari zu kleine Tüten hat.*

Larissa-Vanessa: *Rabähhhh!!*

Kevin-Marcel: *Echt uncool, ihr Bruder zu sein, die mobben mich gleich mit.*

Uwe: *Kinder, nicht schon wieder diese Diskussion. Larissa-Vanessa hat erst zum Geburtstag neue Implantate bekommen. Glaubt ja nicht, dass diese Dinger jetzt schon wieder rauskommen.«*

Larissa-Vanessa: *Rabähhh!!!*

Kevin-Marcel: *Mama, kannst du mich gleich zum Tae-Bo fahren?*

Uwe: *Was ist Tae-Bo?*

Kevin-Marcel: *Mensch Papa, kein Wunder, dass dich alle dissen in der Firma. Mach mal ein bisschen Brainjogging. Tae-Bo ist voll der geile Stresskiller, das ultra korrekte Fun-Workout aus Powerkicks, Punches und Steplines.*

Uwe: *Ist das wenigstens teuer? Sonst gehst du mir da nicht hin.*

Larissa-Vanessa: *Ich will neue Titten!*

Gabi: *Eins nach dem anderen. Kevin-Marcel, ich kann dich nicht zum Tae-Bo bringen, ich muss zur Thalasso-Therapie.*

Uwe: *Thalasso-Therapie?!*

Kevin-Marcel: *Klar, Papa, Thalasso tonisiert voll den Organismus. Das ist die amtliche Power aus dem Meer.*

Gabi: *Ans Meer könnten wir auch mal wieder. Wie wär's im Juli?*

Uwe: *Nix da, da bin ich mit den Kumpels beim Fettabsaugen, da freu ich mich schon das ganze Jahr drauf.*

Gabi: *Fett!? Iiiiiee! Hast du irgendwo Fett?*

Kevin-Marcel: *Mach kein Scheiß, Papa, sonst lass ich mich von Holgers Vater adoptieren, der hat kein Fett.*

Uwe: *Ne, ne, für die Kumpels und mich ist Fettabsaugen nur so was Geselliges, statt Kaffeeklatsch.*

Larissa-Vanessa:: *Kann ich mir wenigstens die Lippen aufspritzen lassen, so wie Mama?*

Gabi: *Wer sagt, dass ich aufgespritzte Lippen habe?*

Uwe, Kevin-Marcel und Larissa-Vanessa (gleichzeitig): *Alle.*

Sie sehen also, auch im Wellness-, Fitness- und Beauty-Bereich ist ein gutes Mobbing jederzeit möglich. Dabei haben wir trendige Gemeinheiten wie Nordic-Mobbing (mit spitzen Stöcken) und Iron-Man-Mobbing noch gar nicht erwähnt.

Stopp! Kann ich eigentlich auch im Alter noch mobben?

Die Antwort ist ein klares Nein. Im Alter mobbt man nicht, im Alter wird man gemobbt. Und das ist richtig so. Es wird schließlich niemand gezwungen, alt zu werden. Außerdem nerven Alte nur. Sitzen den ganzen Tag im Sessel und verfressen die Rente, die wir hier mit dem Verfassen eines sauber recherchierten Sachbuches sauer verdienen müssen. Und wenn die Alten dann vielleicht doch mal aufstehen wollen aus ihrem Ruhesessel, dann klappt das oft schon gar nicht mehr. Da fragt man sich doch, warum alte Leute im Bus immer einen Sitzplatz haben wollen, wenn sie nachher doch nicht aufstehen können. Und es werden ja auch immer mehr Alte. Die Zahlen sprechen für sich: Heute müssen 100 Arbeitnehmer für die Rente von ca. 40 Alten aufkommen. Aber so, wie sich die Bevölkerung entwickelt, müssen schon in wenigen Jahren 100 Arbeitnehmer für die Rente von 70 Alten aufkommen. Damit ist klar: Irgendwann sitzen alle Deutschen im Schaukelstuhl und saufen Doppelherz. Und wer arbeitet dann noch? Aha. Sie sehen schon, da muss was passieren. Hier sind unkonventionelle Lösungen gefragt. Ein guter Anfang ist der Autoaufkleber »Ich bremse nicht für Rentner«, den Sie unter www.home-of-mobbing.de bestellen können. Der nächste Schritt wäre, mal ein ernstes Wort mit den Ärzten zu reden. Diese Mediziner heilen doch heute rücksichtslos alles, was ihnen in die Praxis kommt. Wenn da jetzt zum Beispiel ein 65-Jähriger mit einer Lungenentzündung kommt … Ja muss man den wirklich noch behandeln? So was regelt doch die Natur. Und dann schickt man ausgerechnet die Alten auch noch zur Kur! Und warum immer nach Bad Wörishofen oder Bad Pyrmont? Warum nicht mal in den Irak oder nach Afghanistan? Rentner reisen doch auch sonst überall in der Welt herum. Erst kürzlich zum Beispiel sind bei einem Busunfall in der Nähe von Valencia 40 Rentner verunglückt. Sicher, wir wissen auch, dass sich die Überalterung der Gesellschaft nicht mit ein paar Busunfällen lösen lässt. Aber man muss in alle Richtungen denken. Die Frage ist doch auch: Warum wollen die Menschen eigentlich so alt werden? Richtig alt zu sein ist schließlich kein Spaß. Als 80-Jähriger werden Sie zum Beispiel schon um 3 Uhr 45 wach, das ist recht früh. Vor allem wenn man bedenkt, dass Sie erst um 1 Uhr ins Bett gegangen sind. Als alter Mensch brauchen Sie nämlich kaum noch Schlaf. Und was machen Sie dann um Viertel vor 4? Vielleicht gucken Sie sich die Wiederholung von Jürgen Fliege an. Das ist die Höchststrafe. Vor allem, weil Sie die Sendung am Nachmittag vorher ja auch schon gesehen haben. Da hatten Sie allerdings noch Ihre Brille. Die liegt jetzt unterm Bett. Und da bleibt sie auch liegen, denn bücken können Sie sich schon lang nicht mehr.

Das ist Ihnen jetzt zu negativ? Sie denken: Jesus liebt alle Menschen, auch die Alten. Schon möglich. Aber der kann da gar nicht mitreden. Der ist selbst nur 33 geworden.

Kuckuck!

Gell, da staunen Sie. Jetzt müsste eigentlich Lektion 7 kommen. Kommt aber nicht. Kommt später. An dieser Stelle gibt es einen so genannten »Hidden Gag«. »Hidden« ist Englisch und heißt auf deutsch

»versteckt«. »Gag« ist auch Englisch und heißt auf deutsch »Gag«. Dieser versteckte Gag taucht naturgemäß also nicht im Inhaltsverzeichnis auf. Blättern Sie nicht zurück. Glauben Sie es uns einfach. Und jetzt stellen Sie sich bitte mal ein »Bingggg« vor. Ein glockenhelles, deutliches »Bingggg«. So, wie Sie es von Ihrer Mikrowelle kennen. Teller rein, Mikrowelle an, »Bingggg«, Essen fertig. Toll, sagen Sie jetzt, wo ist denn da der Gag? Der kommt jetzt. Denn mit diesem »Bingggg« können Sie ein professionelles Mobbing starten, von dem sich Ihr Opfer nicht erholen wird. Gehen Sie vor wie folgt:

- Gehen Sie auf unsere Homepage www.home-of-mobbing.de

- Laden Sie sich das Soundfile »Bingggg« auf Ihren MP3-Player oder ein anderes Abspielgerät.

- Reservieren Sie einen Tisch in einem Restaurant Ihrer Wahl, das mindestens drei

- Michelin-Sterne und mindestens 18 Punkte im Gault Millau hat.
- Bestellen Sie sich ein 7-Gänge-Gourmetmenü und lassen Sie während des vierten Ganges unter dem Tisch das deutlich vernehmbare »Bingggg« erklingen.
- Genießen Sie die tumultartigen Reaktionen der übrigen Gäste, wenn in einem 3-Sterne-Restaurant der Gebrauch einer Mikrowelle vermutet wird.
- Spucken Sie voller Verachtung auf den Boden und zahlen Sie nicht die Rechnung.
- Verfolgen Sie, wie das Restaurant innerhalb weniger Wochen sowohl aus dem Gault Millau wie auch aus dem Guide Michelin verschwindet.
- Wählen Sie ein anderes Restaurant und starten Sie wieder bei Punkt 1.

7. Medien-Mobbing

So sieht's aus

Wir leben in einer Fernsehwelt. Ohne Fernsehen wüssten wir gar nichts. Wir wüssten nicht, wie das Wetter wird, wie man Ravioli kocht, wie man auf Iraker schießt und wie oft man Sex haben muss. Ohne Fernsehen wüssten wir nicht mal, dass es Fernsehen gibt. Und wir hätten nicht all diese tollen Stars: Günter Jauch zum Beispiel. Oder Günter Jauch. Auch der Jauch soll ganz gut sein. Das klingt jetzt ein bisschen neidisch, aber wir haben nichts gegen Günter Jauch. Er ist der beliebteste Fernsehmoderator Deutschlands. Da werden wir nicht so blöd sein und ihn hier in die Pfanne hauen. Sollte sich allerdings herausstellen, dass seine Beliebtheit sinkt, werden wir die Ersten sein, die ihn mit in den Schmutz ziehen.

Der Jauch macht nämlich für Geld alles. Er ist also

keinen Deut besser als wir. Aber er kriegt mehr. Viel mehr. Scheiße.
Wirklich: Nicht, dass wir ihm etwas Böses wünschen, aber rein zufällig ist uns die folgende Szene aus seiner Redaktion zugespielt worden.

Carola (Redaktionsassistentin, 23, 90-60-90): *Möchten Sie auch einen Kaffee, Günter?*

Jauch: *Gern. Zieh dich schon mal aus.*

Mal ehrlich, so etwas tut man doch nicht. Pfui! Und alles wahr. So ist es gewesen. Würde uns wundern, wenn nicht. Bei uns ist es jedenfalls so.
Aber Sie sehen schon: Einen Jauch zu mobben ist schwierig. Da mobben wir lieber Sabine Christiansen. Die mögen zwar auch viele, aber wenigstens nicht alle. Wir zum Beispiel. Unter Kennern heißt sie ja auch »die Konjunkturbremse am Sonntagabend«.
Um Sabine Christiansen zu mobben, eignet sich am besten ein Blick in ihre Vergangenheit. Sie war ja mal Saftschubse bei der Lufthansa. Da ist man es ge-

wöhnt, dass sich Menschen übergeben, wenn man ihnen etwas serviert. Wirklich: Nicht, dass wir ihr etwas Böses wünschen, aber rein zufällig ist uns die folgende Szene aus ihrer Vergangenheit zugespielt worden.

Passagier (1. Klasse, freundlich): *Entschuldigen Sie, könnte ich bitte noch ein Mineralwasser haben?*

Christiansen: *Schnauze, Fettsack! Wir landen jetzt.*

Mal ehrlich, so etwas sagt man doch nicht. Pfui! Und alles wahr. So ist es gewesen. Würde uns wundern, wenn nicht.
Natürlich sind Sie jetzt geschockt. Wer mag schon glauben, dass seine Fernsehlieblinge im richtigen Leben ganz anders sind? Und warum ist das so? Wir haben Professor Hans-Dieter Dreisat von der Hochschule für Medienanalyse in Dresden gefragt.

Wir: *Herr Professor, Menschen, die hinter den Kulissen des Fernsehens arbeiten, erzählen uns oft, dass große TV-Stars privat ganz anders sind als auf dem Bildschirm. Warum ist das so?*

Dreisat: *Schauen Sie, das sind doch auch Menschen wie Sie und ich. Und wir sind nun mal vielschichtig. Nehmen Sie mich zum Beispiel. Tagsüber unterrichte ich hier Studenten und arbeite an medienwissenschaftlichen Studien, und abends zu Hause schaue ich mir am PC Kinderpornos an. Das ist doch ganz normal.*

Wir: *Ist es nicht.*

Dreisat: *Nicht?*

Wir: *Nein. Überhaupt nicht.*

Dreisat: *Aha. Hm. (Pause) Und wie ist es mit so Sachen … mit Tieren und so?*

Wir: *Auch nicht normal.*

Dreisat: *Auch nicht. Aha.*

So weit der Experte. Nach diesem kurzen Einblick in die Welt der Medienanalyse zurück zum Fernsehen. Da läuft gerade Jürgen Fliege. Wir wissen nicht, was der sich abends am PC anschaut. Aber wenn man anschließend Sendungen macht wie er, muss es vermutlich etwas Furchtbares sein. Möglicherweise hatte er auch eine schreckliche Kindheit. Wir wissen es nicht, aber wir wünschen es ihm. Und Raab. Und erst Pilawa. Und Kerner. Und Beckmann. Oh Gott, Beckmann! Es wird Zeit für das nächste Kapitel.

Stopp! Wo finde ich eigentlich Mobbing im Wörterbuch?

»Mobbing« finden Sie im Wörterbuch unter »M«, zwischen »Mob« und »Möbel«. Wenn es »Nobbing« hieße, würden Sie es unter »N« finden, zwischen »nixenhaft« und »nobel«.

8. Sex-Mobbing

So sieht's aus

Zunächst mal müssen wir feststellen: Sex wird generell überbewertet. Aber nicht von uns. Wir könnten jetzt schon wieder. Kein Wunder, denn wir sind ja auch Männer. Der durchschnittliche Mann denkt vierhundertmal am Tag an Sex, also alle 3,6 Minuten. Und dazwischen? Woran denkt er da? Vielleicht mal an seine Frau oder die Kumpels oder an Winterreifen.[9] Was man halt so denkt als Mann. Deshalb ist der folgende Dialog auch völlig überflüssig:

Sie (typisch weiblich): *Schatz, was denkst du gerade?*

---

[9] vgl. Sepp Semperit, *Der richtige Reifen für mein Auto*, Pneu-Verlag 1998.

Er: *Ach, Hase, ich denke nur gerade an die psychosoziale Komponente im Spätwerk Franz Kafkas.*

Lüge! Glauben Sie ihm kein Wort. In Wahrheit denkt er: »Geil, in 3,6 Minuten kann ich wieder an Sex denken! Bis dahin denke ich halt an Winterreifen.«
Frauen hingegen sind ganz anders. Frauen denken nicht so oft an Sex, haben ihn aber häufiger. Schade nur, dass ihr Mann dann meist nicht dabei ist.
Ha, Ha! Das war ein alter Witz. Aber nicht der letzte. Hier kommt schon wieder einer:
Was passiert einer Frau, die Gleitcreme und Fensterkitt verwechselt? Ihr fallen alle Fensterscheiben raus.
Ha, Ha! Jetzt reicht's aber mit den alten Witzen, denn Sex ist eine ernste Angelegenheit. Und eignet sich exzellent für richtig fieses Mobbing.

So geht's

Beim Sex-Mobbing gibt es mehr Varianten, als das Kamasutra Stellungen zeigt. Wir beschränken uns auf die wichtigsten Situationen.

1. Die »Ist-schon-wieder-ein-Monat-rum?-Situation«

Den besten Schutz vor allzu häufigem Sex bietet die Ehe. Es ist immer wieder erstaunlich, wie eine Eheschließung aus Leidenschaft, Gier und animalischem Trieb ein jämmerliches Routine-Gerammel werden lässt. Natürlich dauert es eine Weile, bis die Ehepartner bereit sind, sich das einzugestehen. Aber irgendwann ist es so weit, und dann gibt es kein Halten mehr. Selbst im Gespräch mit guten Freunden sollten Sie keine Gelegenheit auslassen, ihren Ehepartner beiläufig zu mobben.

Fußgängerzone in Köln. Gabi, 32, 7 Jahre verheiratet, kommt gerade vom Power-Yoga. Moni, 33, 12 Jahre verheiratet, kommt gerade vom Power-Shopping. Mitten auf der Straße treffen sie sich zu einem kurzen Power-Mobbing.

Moni: *Mensch, Gabi. Toll siehst du aus. Super Frisur, guter Schnitt. Ein bisschen kürzer als früher. Apropos kürzer: MEIN THOMAS HAT EINEN ZIEMLICH KURZEN. Und schöne Schuhe hast du an. Prada?*

Gabi: *Ja, waren aber runtergesetzt. Regulär sind die Preise für die Dinger ja viel zu hoch. Apropos hoch: MEIN STEFAN KRIEGT SCHON LANG KEINEN MEHR HOCH. Dafür habe ich den Rock günstig gekriegt. Ist von Strenesse, die machen echt tolle Sachen.*

Hut ab. Das ist Power-Mobbing wie aus dem Lehrbuch! Man muss schon sehr genau hinhören, um die subtilen Mobbing-Attacken überhaupt wahrzunehmen. Wir haben sie deshalb in GROSSBUCHSTABEN gedruckt.
Ja, der Hafen der Ehe ist ein Platz, an dem der Anker oft schlaff herunterhängt, und auch nicht jede Frau ist bis ins hohe Alter eine Roll-on-Roll-off-Fähre. Das ist jedoch kein Grund vor dem letzten Atemzug mit dem Mobbing aufzuhören.

Bestatter: *Ihre Frau ist seit drei Tagen tot.*

Ehemann: *Das kann nicht sein. Wir hatten gestern noch Sex, und es war wie immer.*

2. Die-Nebenbuhler-Situation

Falls Sie sich noch nicht näher mit uns beschäftigt haben, sollten Sie wissen, dass wir zwei Supertypen sind. Wir sehen verdammt gut aus, haben makellose Körper mit definierten Muskeln, sind charmant, witzig, schlagfertig, intelligent, haben hervorragende Umgangsformen und sind unglaublich reich.
Kurzum: Wo wir sind, ist oben.
Schwer vorstellbar also, dass auch Supertypen wie wir sich mit Nebenbuhlern auseinander setzen müssen. Ist aber leider so. Denn selbst da oben bei uns, wo die Luft schon verdammt dünn ist, ist man nicht vor Nebenbuhlern sicher.
Der Nebenbuhler ist nun mal das Furunkel am Arsch des Aufreißers. Zögern Sie nicht, ihn sofort und gnadenlos zu mobben. Denn er wird jede Gelegenheit nutzen, dasselbe zu tun. Dabei spielt es keine Rolle, ob es sich um einen Nebenbuhler oder eine Nebenbuhlerin handelt. Wir müssen allerdings unterscheiden:

Konstellation a: Mann (männlich). Frau (weiblich). Nebenbuhler (männlich).

Sie sind Mann (männlich) und haben mal wieder alles richtig gemacht: Blumen, Komplimente, Einladung ... der übliche Scheiß. Und jetzt soll's endlich in die Kiste gehen. Aber plötzlich steht er da: der Nebenbuhler (männlich).

Nebenbuhler (männlich): *Hallo! Sind Sie auch ein Freund von Lisa, oder wollen Sie ihr eine Hausratversicherung verkaufen? Ich dachte nur ... wegen Ihres Anzugs.*

Vorsicht! Jetzt heißt es, schnell zu kontern, bevor Sie mit sich selbst in die Kiste müssen.

Mann (männlich): *Würde ich bei einer Versicherung arbeiten, würde ich empfehlen, Ihr Gesicht gegen Blitzeinschlag versichern zu lassen. Denn ein Mal ist Ihnen das ja wohl schon passiert.*

Gut gekontert. Achten Sie jedoch darauf, dass die Situation nicht eskaliert.

Nebenbuhler (männlich, Halbschwergewicht): *Jetzt gibt's was auf die Omme!*

Mann (wenig männlich): *Aua!*

Frau (weiblich): *Typisch Mann (männlich!). Ich treffe mich lieber mit einer Freundin (weiblich).*

Konstellation b: Frau (weiblich), Mann (männlich), Nebenbuhlerin (weiblich).

Sie sind eine Frau, die wieder mal alles richtig gemacht hat: scheue Blicke, kurzes Lächeln, Kuss auf die Wange, ein Knopf zu viel auf, warten lassen, Verabschiedung vor der Haustür ... der übliche Scheiß. Und jetzt soll's endlich in die Kiste gehen. Aber plötzlich steht sie da: die Nebenbuhlerin.

Nebenbuhlerin: *Puhhh, ist mir heiß. Könnten Sie mir mal aus dem Mantel helfen?*

Mann: *Gerne.*

Frau (gähnt): *Uaaaa! Ich bin ganz plötzlich so müde. Bringst du mich heim?*

Mann: *Gerne.*

Nebenbuhlerin: *Puhhh, mir ist immer noch heiß. Könnten Sie mir mal aus dem Kleid helfen?*

Mann: *Gerne.*

Frau (gähnt stärker): *Ich fall gleich um vor Müdigkeit. Irgendjemand muss mich ins Bett bringen.*

Mann: *Gerne.*

Nebenbuhlerin: *Also so eine Hitze habe ich selten erlebt. Könnten Sie mir mal aus meinem 75C-BH helfen?*

Mann: *Gerne.*

Frau: *Huch, ich hab ja meinen 75D-BH gar nicht an. Dann kannst du mich ja gleich so ins Bett legen.*

Sie merken schon: So kann das ewig weitergehen. Und warum? Weil die Nebenbuhlerin in dieser Situation nicht rechtzeitig gemobbt wurde. Schon auf ihren ersten Satz »Könnten Sie mir mal bitte aus dem Mantel helfen?« hätte die Frau sagen müssen: »Sicher, mein Freund macht das gerne. Er hilft Frauen in Ihrem Alter auch oft über die Straße.« Das hätte gesessen.

Stopp! Darf man eigentlich Homosexuelle mobben?

Natürlich nicht. Nicht mal ein bisschen. Und wenn es einen noch so juckt. Nein. Geht gar nicht. So. Außerdem wäre es überhaupt nicht zeitgemäß und vollkommen gegen den Trend. Denn der Trend in diesem Land ist eindeutig schwul/lesbisch. Sicher, eine Minderheit von 97 Prozent der Bevölkerung ist heterosexuell. Das ist nicht nur bedauerlich, das ist uncool, spießig und voll von gestern. Diese 97 Prozent werden sich nämlich noch wundern, wie weit sie es in unserer Mensch-sind-wir-tolerant-drauf-Gesellschaft bringen werden. Denn nur schwul ist cool. Das sollten Sie sich merken, denn es geht auch um Ihre Zukunft. Da schadet es nicht, mindestens bisexuell zu sein. Besser wäre es natürlich, wenn Sie so richtig homo wären. In vielen Bereichen unserer Gesellschaft hat sich das ja längst herumgesprochen. Egal ob es nun die Werbung, der Sport oder sogar die Politik ist. Nehmen wir zum Beispiel das Berliner Repräsentuntenhaus. Wer steht da an der Spitze? Genau, der erigierende Bürgermeister. Damit ist klar: Die Zeiten haben sich endgültig geändert.

Früher musste man sich nach der Decke strecken, wenn man nach oben wollte. Heute muss man sich dafür bücken. Die Devise lautet: Rosette sich, wer kann! Wenn Sie noch mithalten wollen, sollten Sie also alsbald eine Umschwulung machen. Sträuben Sie sich nicht und denken Sie einfach mal nach: Inzwischen sind es doch vor allem die Homosexuellen, die noch die traditionellen Werte in diesem Land aufrechterhalten. Die Konservativen werden das nicht gern hören, aber wer will denn in diesem Land noch heiraten, außer Schwulen, Lesben und katholischen Priestern?

Natürlich ist es nicht so leicht, auf die Schnelle einen gleichgeschlechtlichen Partner zu finden, dem sie auf offener Straße die Zunge in den Hals rammen oder die Hand in die Hose stecken können. Gott sei Dank gibt es inzwischen »Rent a Gay«, wo Sie sich rund um die Uhr eine Leihschwuchtel nehmen können.

Und ganz wichtig: Immer schön tolerant bleiben. Das kann man üben. Wir, die Autoren dieses großartigen Buches mit dem angemessenen Preis, haben auch mal ein paar Tage in einer schwulen WG gewohnt. So mit Blümchen auf dem Klo, Seiden-

tapeten mit griechischen Faustkämpfermotiven und einer Phalluslampe aus weißem Marmor … Na ja, muss man mögen.
Wir wollen ehrlich zu Ihnen sein – wenn wir in dieser WG nicht alle paar Tage mal aus Protest hinter das Alcantara-Sofa gepinkelt hätten, wären wir da wahnsinnig geworden. Bei richtigen Kerlen wie uns sieht es zu Hause nämlich ganz anders aus. Wir hocken abends auf umgedrehten Warsteinerkisten, und um uns herum liegen leer gefressene Pizzakartons. Das ist noch ganz schön hetero, aber was sollen wir machen? Bei uns stehen keine Duftschälchen mit Lavendelblüten im Badezimmer, und wir haben auch keinen goldenen Schwan als Seifenspender. Wollen Sie wissen, wie es bei uns im Bad aussieht? Zum Beispiel im Waschbecken? Da findet man diese einzigartige Mischung aus ausgespuckter Zahnpasta, Bartstoppeln und dazu diesen frisch ausgehusteten, saftig grünen Morgenschleim. Wenn dieses Zeug so richtig festbakkt, dann kriegen Sie das gar nicht mehr weg. Da brauchen Sie eine Hilti. Ein ganz entscheidender Punkt. Richtige Männer haben nämlich eine Hilti. Und richtige Männer bohren von vorn und nicht von hinten!!!

Entschuldigung, da ist es ein bisschen mit uns durchgegangen. Aber sonst sind wir gar nicht so. Und außerdem heißt der Mensch ja auch HOMO Sapiens und nicht HETERO Sapiens.

9. Abzocker-Mobbing 

So sieht's aus

Wir sind umzingelt von Abzockern: von Öl-Multis, Banken, Versicherungen, Gemüsehändlern und Typen, die für ein relativ dünnes Buch 9,90 Euro haben wollen.

Die schlimmsten Abzocker von allen sind allerdings die Makler. Makler sind Fleisch gewordene Abzockerei. Sie begegnen uns mit Verlogenheit, Hinterlist und Geldgier. Sie sollen uns hier stellvertretend für alle anderen Abzocker als Beispiel dienen.
Nehmen wir an, Sie suchen eine Immobilie und haben in der Zeitung auch schon ein Objekt gefunden. Jetzt möchten Sie eigentlich nur noch ein Vier-Augen-Gespräch mit dem Verkäufer führen.
Vergessen Sie es. Aus einem Grund, den niemand genau kennt, geraten Sie grundsätzlich zunächst an

einen Makler. Der Makler hat eine wichtige Funktion. Welche das ist, konnten wir leider bis zur Drucklegung dieses Buches nicht herausfinden.[10] Makler sind keineswegs scheue Einzelgänger. Wenn man eine Wohnung sucht, treten sie in der Regel gleich rudelweise auf. Sie rufen dann abwechselnd bei Ihnen an, sodass Ihr Telefon 24 Stunden nicht stillsteht. Einzelne Maklerrudel sind im »Ring Deutscher Makler« organisiert. Von »Ring« spricht man sonst eigentlich nur in Zusammenhang mit »Rauschgiftring« oder »Hehlerring«.

Der Makler hat ein klar definiertes Lebensziel: Er will 3,45 Prozent. Vom Kaufpreis, von der Mietprovision, von den Renovierungskosten, vom Flaschenpfand und von Ihrer Frau. Kurzum: Er will 3,45 Prozent von allem.

Bevor es aber zum ersten Kontakt mit einem Makler kommt, sollten Sie sich mit seiner Sprache vertraut machen. Denn anhand der Formulierungen, die der Makler in Zeitungsinseraten benutzt, können

---

[10] vgl. Pietro Provisione, *Geld für nix – Die traurige Geschichte des Maklerberufs*, Camorra-Verlag, 19,90 Euro + 3 Monatsmieten.

Sie schon vorab feststellen, ob es sich um einen unseriösen oder einen besonders unseriösen Makler handelt. Als kleine Hilfe hier die wichtigsten Makler-Formulierungen und was sie bedeuten.

Ruhige Waldrandlage bedeutet:

Dieses Haus hat das ganze Jahr hindurch feuchte Wände und steht immer im Schatten. Das Laub von den Bäumen verstopft sämtliche Dachrinnen und Gullis. Die ruhige Lage wurde von Einbrechern bereits fünf Mal ausgenutzt, um das Haus komplett auszuräumen.

Fertigstellung in Kürze bedeutet:

Dieses Haus wird nie fertig. Der Bauherr ist pleite, das Konkursverfahren läuft bereits seit anderthalb Jahren, in der offenen Baugrube steht meterhoch das Regenwasser.

Leichte Hanglage bedeutet:

Dieses Haus ist nur zu verkaufen, weil der bisherige Besitzer von der Gartenterrasse 80 Meter im freien Fall in die Tiefe gestürzt ist. Das Haus wird beim nächsten Dauerregen folgen.

Zentrumsnah bedeutet:

Dieses Haus ist mindestens einen Tagesmarsch von der Stadtmitte entfernt. In den vergangenen Jahren sind bereits mehrere Käufer von »zentrumsnahen« Häusern auf dem Weg in die Innenstadt verdurstet.

Für Naturliebhaber bedeutet:

Dieses Haus bietet Natur satt auch innerhalb der eigenen vier Wände. Lustige Silberfischchen, quirlige Asseln, knackige Kakerlaken und bunt schillernde Pilzarten in den Zimmerecken geben dem Käufer das gute Gefühl, eins mit der Natur zu sein.

Lebendiges Stadtviertel bedeutet:

Dieses Haus ist das Auge im Orkan der sozialen Probleme. Prostituierte warten auf Kunden, Dealer sprechen Schulkinder an, Kampfhundbesitzer zeigen sich gegenseitig ihre Klappmesser, und künstlerisch begabte Jugendliche werden farbenfrohe Graffitis auf Ihr Garagentor sprayen.

So weit ein paar Beispiele für die hinterhältigen Werbebotschaften des Maklers. Aber den Makler selbst kennen Sie deshalb noch lange nicht. Wie sieht er/sie aus? Wie erkennen wir ihn/sie auf der Straße? Wie weichen wir ihm/ihr aus? Nun, dazu braucht er/sie/es schon ein bisschen Übung. Grundsätzlich gilt: Alle Makler fahren Mercedes, und zwar einen dunklen Mercedes. Ein Makler mit einem hellen Mercedes ist gar kein Makler, sondern ein Taxifahrer. Alle Makler begrüßen Sie mit dem Satz »Ich habe ein traumhaftes Objekt für Sie, genau das Richtige!« und verabschieden Sie mit den Worten »Los, unterschreiben Sie, ich habe noch andere Interessenten!«. Falls ein Makler Sie mit dem Satz

»Wohin soll's denn gehen?« begrüßt, ist es gar kein Makler, sondern wiederum ein Taxifahrer. Und noch etwas: Ein Makler nimmt als Provision grundsätzlich kein Schwarzgeld. Es sei denn, Sie bieten es ihm an. Wenn Sie es ihm nicht anbieten, wird er Sie auf Ihr Versäumnis hinweisen.

Jetzt wissen Sie zwar alles über Makler, aber mit diesem Wissen können Sie nichts anfangen. Denn einem Makler können Sie nicht entkommen. Auch wenn Sie gar nichts kaufen oder mieten wollen: Zahlen Sie einfach prophylaktisch ein paar tausend Euro an einen Makler Ihrer Wahl. Und schon wird sich Ihre Lebensqualität deutlich verbessern, und zwar um mindestens 3,45 Prozent.

So wird's gemacht

Um einen Makler in den Abgrund zu mobben, gehen Sie folgendermaßen vor: Sie lassen sich von Makler A ein wie üblich vollkommen überteuertes Wohnklo zeigen. Nachdem Sie das Rattenloch

besichtigt haben, heucheln Sie Begeisterung und enden schließlich mit dem Satz:
»Sehr schön. Erstaunlich nur, dass mir Makler B diese Traumwohnung für 1 000 Euro weniger angeboten hat. Trotzdem danke, dass Sie sich Zeit für mich genommen haben.«

Das sollte genügen. Jetzt lehnen Sie sich zurück und tun nichts. Wenn am nächsten Morgen die Zeitung in Ihrem Briefkasten liegt, nehmen Sie sie heraus, schlagen den Lokalteil auf und genießen die Schlagzeile »Blutiger Schusswechsel im Maklermilieu!«.

Stopp! Gibt es eigentlich Mobbing bei Dostojewski?

Was für eine Frage! Natürlich! Denken Sie nur an die Szene in Die Brüder Karamasoff, als Pawel Fjodorowitsch Ssmerdjakoff, Sohn der Lisaweta Ssmerdjaschtschaja (die Stinkende oder Übelriechende), auf der Fahrt von Iljinskoje nach Ssuchoi Possjolok dem Untersuchungsrichter Nikolai Parfjonowitsch Neljudoff beiläufig erzählt, dass Nina Nikolaijewna (genannt Ninotschka) von ihrem Vater Nikolai Iljitsch Ssnegirijoff (Hauptmann a.D.) auf der Fahrt von Skoto Prigonjewsk nach Mokroje zur Heirat mit Trifon Borissytsch Plastunoff gedrängt wurde, der seinerseits aber der Fedossja Markowna versprochen war. Kusjma Kusjmitsch Ssamssonoff will sogar erfahren haben, dass Trifon Borissytsch Plastunoff darüber hinaus Liebesbeziehungen zu Katerina Iwanowna Werschoffzeff und Adelaida Iwanowna, geborene Miussoff, unterhielt.
Wow!! Also wenn der Russe mal mobbt, dann aber richtig.

10. Global Mobbing

Globalisierung ist eine feine Sache, und alle haben was davon. Ein Beispiel: Aus der überfischten Nordsee holen deutsche Fischer (bei Drucklegung dieses Buches gab es noch zwei davon) frische Krabben. Sehr lecker. Allerdings muss man die Krabben zuerst pulen. Wenn ein deutscher Arbeitnehmer diese Tätigkeit übernähme, würden 100 Gramm Krabben ungefähr 1.200 Euro kosten. Da wären dann aber auch wirklich alle Lohnnebenkosten inklusive Pflegeversicherung und Solidaritätszuschlag im Preis enthalten. Nun gibt es aber immer weniger Verbraucher, die bereit sind, 1.200 Euro für 100 Gramm Krabben auf den Tisch zu legen. Um diesen knickrigen Geizhälsen entgegenzukommen, werden die Krabben zum Pulen in Emden auf einen holländischen LKW verladen, dessen übermüdeter Fahrer dann nonstop 2 800 Kilometer nach Marokko brettert. Dort werden die Krabben in einer auf drei

Grad heruntergekühlten Wüstenfabrik von Billigtagelöhnern gepult und schließlich wieder zurück nach Emden gefahren, wo sie nach insgesamt 11 Tagen als »frische Nordseekrabben« verkauft werden. Auch wenn dies hier ein satirisches Buch ist, diese Geschichte ist wahr und ereignet sich genauso jeden Tag. Und wie gesagt: Alle profitieren davon. Die ausländischen Spediteure haben volle Auftragsbücher, die marokkanischen Billigtagelöhner haben einen klimatisierten Arbeitsplatz, die Ölmultis verkaufen Diesel für Tausende von Kilometern, und wir Deutschen fragen uns, warum man von frischen Krabben eigentlich immer Durchfall bekommt.

Nun, es liegt an der Globalisierung. Globalisierung macht Durchfall, aber sie spart den Unternehmern viel Geld. Und Arbeitsplätze. Deshalb ist es wichtig, bei diesem Globalisierungs-Trend ganz vorn dabei zu sein.

Ja, auch wir, die Autoren dieses hervorragenden Buches mit dem angemessenen Preis, lassen unsere Gags inzwischen in Billigwitzländern schreiben. Malayische Gagschreiber hocken in fensterlosen Räumen und saugen sich Scherze aus dem Hirn, während wir hier bei Signierstunden Champagner saufen und den Friedenspreis des Deutschen Buchhandels entgegennehmen. Prost!

Auch deutsche Großkonzerne haben die Segnungen der Globalisierung längst erkannt. Die Produktion in Schwellenländern hat ausschließlich Vorteile. Wo sonst kann man noch Menschen für einen Hungerlohn 80 Stunden die Woche am Fließband stehen lassen? Wo sonst kann man noch Industriekloaken ungereinigt in Flüsse einleiten? Und wo sonst kann man noch Gewerkschaftsversammlungen mit zwei, drei Warnschüssen auseinander treiben? Nicht in Europa. Denn hier ist die gute alte Zeit des Kapitalismus leider vorbei. Rente mit 60, die 35-Stunden-Woche und Lohnfortzahlungen für Blaumacher drükken die Gewinnerwartungen der meisten Unternehmen. Und so kommt es, dass die großen Konzerne meist nur noch einstellige Milliardengewinne machen. Da helfen auch kurzfristige Massenentlassungen kaum. Also heißt es: ab in den Osten. Zum Beispiel nach China. In Peking geben sich Wirtschaftsbosse aus aller Welt die Klinke in die Hand, um blühende Landschaften in asphaltierte Gewerbegebiete zu verwandeln. Sicher, mit den Menschenrechten nimmt es der Chinese nicht so genau, aber man kann sich schließlich nicht um alles kümmern. China ist der Industriestandort der Zukunft. 1,3 Milliarden Menschen lechzen dort danach, für wenig Geld viel zu arbeiten.

Beijing, 24.2., Straße des 24. Februar.

Im Restaurant »Zum niedergeschlagenen Aufstand« sitzen drei Männer bei einem Geschäftsessen. Li Lo Pulver, Direktor einer Pekinger Feuerwerksfabrik, Lucien Sans-Scroupel, EU-Kommissar für Wahrung und Missachtung von Menschenrechten, und Guy van Guldensack, Investor aus Amsterdam. Der Tisch ist für vier Personen eingedeckt. Ein Platz bleibt leer.

Li Lo: *Hat gemeckt?*

Scroupel: *Ja, schmeckt immer noch. Was ist das?*

Li Lo: *Ich habe Latte.*

Guldensack: *Sieht man gar nicht.*

Li Lo: *Nein, auf Tellel. Ist geblatene Latte.*

Scroupel: *Gebratene Ratte?!* (Er würgt kurz) *Hab ich das auch?*

Li Lo: *Nein.*

Guldensack: *Glück gehabt, mein Lieber.*

Li Lo: *Sie haben gedünstete Latte.*

Scroupel würgt weniger kurz.

Li Lo: *Mistel Guldensack, wo ist eigentlich Ihl deutschel Konkullent, Hell Taschenvoll?*

Guldensack: *Den Taschenvoll hab ich aus dem Weg gemobbt. Ich habe Ihrem Geheimdienstchef Tu In Knast erzählt, dass Taschenvoll eine Demo für Menschenrechte organisieren will.*

Li Lo: *Alle Achtung, Mistel Guldensack, Sie sind eine hintelhältige Latte.*

Scroupel würgt erneut

Guldensack: *Auf jeden Fall bin ich ihn los, der wird frühestens in zehn Jahren entlassen.*

Li Lo: *Illtum! Hingelichtete welden bei uns nicht entlassen.*

Guldensack: *Auch recht. Und jetzt straight to the beef, folks. Lassen Sie uns übers Geschäft reden. Ich kaufe Ihre Fabrik, aber nur, wenn dort 24 Stunden gearbeitet wird. Jeden Tag, jede Woche.*

Li Lo: *Gibt es auch andele Fabliken?*

Scroupel: *Als EU-Kommissar muss ich auch über die Menschenrechte reden. Das habe ich hiermit gemacht.*

Guldensack: *Gut. Also weiter. Ich will keinen Betriebsrat und keine Gewerkschaften. Und ich möchte, dass Sie lernen, ein »R« zu sprechen.*

Li Lo: *Kein Probrem. Wir müssen auch über die Sicherheit reden. Das ist eine Feuerwerksfabrik.*

Guldensack: *Was schlagen Sie vor?*

Li Lo: *Wassereimer.*

Guldensack: *In Ordnung. Dann eben Wassereimer. Aber bitte nicht in jeder Produktionshalle einen. Ich komme sonst mit den Kosten nicht hin.*

Die Erde erzittert, Salzstreuer fallen vom Tisch, Putz bröckelt von der Decke.

Scroupel: *Mein Gott! Nichts wie raus hier! Ein Erdbeben!*

Li Lo: *Nein, nein. Das ist nur ein Panzer. Heute beginnt nämlich die Entenjagd.*

Guldensack: *Tatsächlich? Was für Enten jagen Sie denn ... mitten in Peking?*

Li Lo: *Dissid-Enten.*

Scroupel: *Mir doch wurscht. Ich bin schließlich nicht für Entenrechtsverletzungen zuständig.*

Guldensack: *Back to business, folks. Ich will keine schlechte Presse. Wir müssen verhindern, dass irgend so ein Schmierfink schreibt, dass in unserer Fabrik achtjährige Kinder in der Nachtschicht arbeiten.*

Li Lo: *Kein Problem. Achtjährige dürfen bei uns keine Nachtschicht machen, die müssen morgens zur Schule. Wir nehmen deshalb Fünfjährige.*

Scroupel: *Mir doch wurscht. Ich bin für Menschenrechte zuständig, nicht für Kinderrechtsverletzungen.*

Guldensack: *He, Scroupel, bekomme ich eigentlich EU-Zuschüsse für den Deal?*

Scroupel: *Aus welchem Grund?*

Guldensack: *Was soll das denn heißen? Braucht man jetzt Gründe dafür?*

Scroupel: *Nein, nein, war nur ein Scherz.*

Alle drei lachen herzlich und schütten sich bis zur Zungenwurzel Reisschnaps in den Hals. Ja, wir haben es immer geahnt: Schlitzohren und Schlitzaugen passen einfach zusammen. Denn schon Konfuzius hat gesagt: »Zieh gen Osten, das senkt die Kosten!«

Stopp! Darf ich während eines Gewitters eigentlich mobben?

Um diese Frage zu beantworten, sollten wir zunächst einmal klären, wie ein Gewitter überhaupt entsteht. Also das ist so: Da kommen so Wolken und dann … Kawumm! Brizzel! Professor Siegbert Knäul von der Universität Eisenhüttenstadt kann das noch besser erklären. Aber den kennen wir leider nicht. Wir wissen nicht mal, ob es ihn überhaupt gibt. Und dass Eisenhüttenstadt eine Universität hat, glauben Sie doch wohl selbst nicht. Trotzdem kann jeder von uns mal in ein Gewitter geraten, und dann gibt es immer einen »guten Freund«, der Ihnen einen sicheren Rat gibt. So was wie »Eichen sollst du weichen, Buchen sollst du suchen«. Ist da was dran, oder will der »gute Freund« Sie nur unter einen Baum mobben und dann … Kawumm! Brizzel? Um Ihnen tödliche Risiken zu ersparen, haben wir im Folgenden die zehn wissenschaftlich wirklich abgesicherten Gewitterregeln aufgelistet.[11]

---

[11] vgl. Siegbert Knäul, *Kawumm und so*, Eigenandruck, Universitätsbibliothek Eisenhüttenstadt.

- Stehst du unter einer Kiefer, liegst du bald zwei Meter tiefer.

- Unter alten Eichen sucht man gern nach Leichen.

- Stehst du zwischen jungen Fichten, tut der Blitz dich glatt vernichten.

- Fährt der Blitz in Birkenäste, liegen drunter Menschenreste.

- Suchst Schutz du unterm Blätterdach,
bist du plötzlich ganz schön flach.

- Leg dich ja nicht unter Palmen, sonst wird's dir aus der Nase qualmen.

- Auch unter hohen Pappeln lässt der Blitz dich tüchtig zappeln.

- Stehst du unter Trauerweiden, musst du gar nicht lange leiden.

- Auch unter hohen Eiben wird es dich zerreiben.

- Tust du unter eine Birke laufen, bleibt von dir ein Aschehaufen.

11. Autobahn-Mobbing

So sieht's aus

Wenn wir Deutschen eines wirklich gut können, dann ist es Auto fahren. Jedenfalls besser als diese hirnlosen Pfeifen in den anderen europäischen Ländern. Sollen die doch mit 120 durch die Gegend zockeln. Nicht mit uns. Wir geben Gas. Und jetzt kommen Sie uns nicht mit Abgasbelastung und Waldsterben und so. Wer will schon mit Tempo 100 an sterbenden Bäumen vorbeischleichen? Bei Tempo 200 dagegen rauscht wieder alles schön grün vorbei. Nun werden Sie vielleicht fragen, wo man eigentlich noch 200 fahren kann. Ist doch überall Stau. Baustellen. Geschwindigkeitsbeschränkungen. LKW ohne Ende. Holländer. Die Pest.
Unserer Erfahrung nach begegnet man dieser unangenehmen Situation am besten mit einer gesunden Grundaggressivität. Wenn man lernt, andere Ver-

kehrsteilnehmer nicht als Partner zu begreifen, sondern als erbitterte Feinde, die es gnadenlos abzuhängen und zu mobben gilt, dann kommt man am Ende doch recht flott voran.

Eine Berufsgruppe, von der wir in dieser Hinsicht viel lernen können, sind die Außendienstmitarbeiter. Mit einem Kofferraum voller sinnlosem Konsumtrödel stellen sie sich jeden Tag dem Nahkampf auf der Autobahn.

So wird's gemacht

A 5. Basel-Karlsruhe. Anschlussstelle Rastatt.

Walter Freiwild, Hochglanzautopolitur-Fachverkäufer, fährt mit seinem Opel Vectra 2.0 i 16V auf die Autobahn. Wieder wird den ganzen Tag außer dem Navigationssystem niemand mit ihm reden. Beim Einscheren auf die Autobahn schneidet er einen bulgarischen LKW. Der Fahrer reagiert jedoch nicht, da er bereits seit 30 Minuten schläft.

Freiwild: *Wichser!*

Navigationssystem: *Dieser Straße 70 Kilometer folgen.*

Freiwild: *Schnauze!*

Freiwild wechselt auf die linke Spur, wo er gedenkt, den Rest des Tages zu verweilen. Das Einscheren ist wegen des dichten Verkehrs nicht einfach.

Freiwild: *Wichser!*

Ein mit 60 Zentimeter Abstand hinter Freiwild fahrender Hochglanzparkettpflege-Fachverkäufer mobbt ihn mit der Hupe.

Freiwild: *Schnauze. Wichser.*

Freiwilds Handy klingelt.

Freiwild: *Scheiße.*

Er geht ran.

Ja? Hmm.

Er legt auf.

Scheiße.

Der Hochglanzparkettpflege-Fachverkäufer nutzt Freiwilds kurze Unachtsamkeit und überholt rechts. Freiwild zeigt ihm mit dem Mittelfinger das Rechtsüberholerzeichen.

Freiwild: *Arschloch.*

Ja, das ist die Sprache der Autobahn. Reduzierte Kommunikation, kein Wort zu viel, klare Aussagen, schnelles Vorankommen.

Bemerkenswert ist, dass mittlerweile auch unsere ausländischen Mitbürger diesen Fahrstil verinnerlicht haben. Auch die sprachliche Integration schreitet nirgends so schnell voran wie auf der Autobahn. Ein Beispiel ist der vor unserem Außendienstmitarbeiter fahrende, 16 Jahre alte VW-Bus, in dem zwei ukrainische Schlepper und 16 Senegalesen sitzen.

Ukrainer 1: *Wassili, kuk hinte. Wichser in Vectra.*

Ukrainer 2: *Stimmt. Is Arschloch.*

Senegalese 11: *Wasser! Hunger!*

Ukrainer 1 und 2: *Schnauze, Wichser!*

Inzwischen verliert Freiwild ein wenig die Geduld. Er fährt bereits seit 16 Kilometern mit aufgeblendeten Scheinwerfern auf der linken Spur hinter dem VW-Bus. Die Ukrainer ihrerseits würden Freiwild gern ruckartig ausbremsen. Unglücklicherweise hat der VW-Bus aber bereits seit einem halben Jahr keine funktionierenden Bremsen mehr. An der Motivation mangelt es also nicht. Trotzdem endet dieses Mobbingduell auf der A 5 leider unentschieden.

Stopp! Gibt es eigentlich Mobbing im Islam?

Die Bewertung verschiedener Religionen ist eine heikle Sache. Da verbrennt man sich schnell mal die Finger oder verliert eine Hand. Je nach Religion. Wir würden uns also niemals mit diesem Thema beschäftigen. Außer jetzt.

Beginnen wir mit dem Islam, denn der ist besonders berühmt für seine tolerante Haltung gegenüber anderen Glaubensgemeinschaften. Sicher, der Satz »Tod allen Ungläubigen!« mag zunächst dagegen sprechen, aber im Grunde haben wir es bei Moslems mit einem Haufen lustiger Bartgesichter zu tun, die selbst bei öffentlichen Hinrichtungen immer einen lockeren Spruch auf den Lippen haben.

Auch die viel gescholtenen Koranschulen in Deutschland sind bei weitem nicht so schlimm, wie sie oft dargestellt werden. Bei uns in der Nachbarschaft ist eine Koranschule. Und seit dort der Schießstand schallisoliert ist, hören wir kaum noch etwas von unseren Nachbarn. Die würden sich auch umgekehrt nie beschweren, wenn wir mit dem Islam ein bisschen lockerer ... Sekunde bitte. Es klingelt an unserer Tür. Wer kann das sein? Wir machen mal auf ...

BASTEI LÜBBE TASCHENBUCH
Band 60616

1. Auflage: Juni 2009

Vollständige Taschenbuchausgabe
der bei Ehrenwirth erschienenen Hardcoverausgabe

Bastei Lübbe Taschenbücher und Ehrenwirth
in der Verlagsgruppe Lübbe

Umschlaggestaltung: Bianca Schönfeld
Titelbild: © Andreas Biesenbach
Innengestaltung und Satz: Christina Krutz Design, Riedstadt
Autorenfoto: © pro event Andreas Biesenbach
Gesetzt aus der Bud Bird und Garamond
Druck und Verarbeitung: GGP Media GmbH, Pößneck
Printed in Germany
ISBN 978-3-404-60616-0